primo

W0208178

MARY Scott

Das Jahr auf dem Lande

Heiterer Roman

Aus dem Englischen
von Eva Malsch

primo

Titel der Originalausgabe: Away From It All
Originalverlag: Hurst & Blackett Ltd., London

Umwelthinweis:
Alle bedruckten Materialien dieses Taschenbuches
sind chlorfrei und umweltschonend.
Das Papier enthält Recycling-Anteile.

Made in Germany
© 1977 der Originalausgabe bei Mary Scott
© 1980 der deutschsprachigen Ausgabe beim Goldmann Verlag, München
Primo ist ein Unternehmen des Goldmann Verlags
Umschlagentwurf: S/L-Kommunikation
Umschlagfoto: Tony Stone / Dale Durfee
Druck: Elsnerdruck, Berlin
Verlagsnummer: 55032
MV · Herstellung: sc
ISBN 3-442-55032-7

I

So geht das nicht weiter!« rief Adrian Medway und warf die Zeitung auf den Boden. »Ich muß endlich weg von hier!«

»Ja, Liebling«, antwortete seine Frau automatisch und überlegte, daß sie das schon seit fünf Jahren sagte, seit er seine Arbeit als Leitartikler aufgegeben hatte. Damals hatte er seinen Vater beerbt, seine ersten beiden Romane waren erfolgreich gewesen, und deshalb hatte er es sich leisten können, freier Schriftsteller zu werden. Und nun saß er Tag für Tag an seiner Schreibmaschine und tippte jene amüsanten Bücher, die das Leserpublikum liebte – und kaufte. Andauernd versicherte Adrian, daß es so nicht weitergehen könne (seltsam, daß ausgerechnet er auf dieses Klischee verfallen war, wo er doch sonst Klischees verabscheute), und dabei war es stets geblieben. Es gab keinen Grund zu der Annahme, daß es diesmal anders sein würde, trotz dieser arroganten, gönnerhaften Kritik.

»Du weißt doch, daß die Kritiken nicht so wichtig sind«, sagte sie. »Hauptsache, deine Bücher verkaufen sich gut.«

»Christine!« schrie er so laut, daß sie verwirrt von ihrer Näharbeit aufsah. »Wir sind nun siebenundzwanzig Jahre lang verheiratet...«

»Über ein Vierteljahrhundert«, sagte sie. So drückte sie es immer aus, wenn Adrian in dieser Stimmung war. In solchen Augenblicken kam ihre Ehe ihr viel, viel länger vor als ein Vierteljahrhundert.

»Siebenundzwanzig Jahre lang! Und jedesmal, wenn ich dir einen Vorschlag mache, hast du nichts weiter zu sagen als ›Ja, Liebling‹!«

»Ja, Lieb... Ich meine – welchen Vorschlag wolltest du denn machen?« Nun klang ihre Stimme doch ein wenig erschrocken.

»Das hast du doch gehört. Nun, wo wir Onkel Joseph beerbt haben, können wir endlich von hier verschwinden. Wir verkaufen dieses Haus, gehen in die Wildnis und versuchen, unsere Seelen wiederzufinden.«

Das war neu. Eine Wildnis hatte er noch nie vorgeschlagen. Diese verdammte Erbschaft!

»Und wo willst du eine Wildnis finden?« fragte sie sanft und hoffte, daß er nicht womöglich nach Australien oder in die Sahara gehen wollte. Das wollte sie nicht. Es würde ihr unendlich schwer fallen, die »Kinder« zu verlassen, die zweiundzwanzigjährige Josephine und den vier Jahre älteren Robert. Ihr Sohn arbeitete auf einer Farm im Süden, und Josephine redete immer wieder davon, daß sie sich eine Karriere aufbauen wolle, tat aber nicht viel dafür. Immerhin lebten sie alle im selben Land. Und so fragte sie mit einer gewissen Angst: »Wo willst du eine Wildnis finden?« Denn jetzt, wo er Onkel Joseph beerbt hatte, könnte es ihm tatsächlich einfallen, aktiv zu werden und sich nicht nur mit leeren Worten zu begnügen.

Er hatte die impertinente Zeitung in den Papierkorb gestopft und sprach nun mit ruhigerer Stimme. »Es gibt Orte«, sagte er vage, »sogar in diesem kleinen Land, wo man sich vor dieser schrecklichen Menschenmenge verstecken kann.«

»Nicht mehr viele«, entgegnete sie in ihrer praktischen Art. »Nachdem wir Autobahnen und elektrischen Strom und ein Telefonnetz haben...«

Aber er hörte ihr nicht zu. Er sprach mit sich selbst, wie immer, wenn er einen aufregenden Gedanken verfolgte.

»Ein Haus an einem Fluß, mit Gebüsch am anderen Ufer. Kein anderes Haus in Sichtweite. Eine schmale Lehmstraße, die sich durch die Büsche windet. Vogelgezwitscher, ausgedehnte Wiesen...«

»...die jemand mähen müßte«, unterbrach sie ihn verzweifelt. »Eine Lehmstraße, auf der man im Winter knöcheltief im Schlamm einsinkt! Ja, solche Orte gibt es noch. Aber die Regierung sorgt glücklicherweise dafür, daß auch die entlegensten Landstraßen geteert werden, daß die Leute auch an einsamen Orten wie zivilisierte Menschen leben können.«

Das war ein Fehler gewesen. Jedesmal, wenn die Regierung erwähnt wurde, mußte er an die Einkommenssteuer denken, und er stieß einen frustrierten Seufzer aus, als er an die Bilanz dachte, die ihm sein Steuerberater letzte Woche geschickt hatte. Er bedachte die Regierungsmitglieder mit einigen rüden Schimpfworten, die seine ältliche weibliche Leserschaft in Erstaunen versetzt hätten, wo die Damen doch behaupteten, Mr. Medway sei der einzige Schriftsteller, der niemals garstige Wörter benutze. Christine zuckte nicht zusammen. Sie hatte das alles schon oft genug gehört, jedesmal, wenn er sich über schlechte Kritiken oder einen Streit mit seinem Verleger ärgerte. Sie fragte nur: »Möchtest du noch Kaffee, Liebling?«

Das beruhigte ihn normalerweise, denn er liebte es, in die Küche zu schlendern, das Wasser aufzusetzen und zu bemerken, daß es auch praktisch veranlagte Schriftsteller gäbe. Aber heute winkte er ungeduldig ab und sagte: »Ich wünschte, du würdest mir zuhören, statt ständig an Essen und Trinken zu denken.«

Das war ungerecht, denn Christine war so schlank, daß sie niemals Gewichtsprobleme hatte. Aber sie sagte gelassen: »Also gut, ich höre. Was willst du mir vorschlagen?«

Er begann zu sprechen, schnell, aufgeregt, denn diese Idee

beschäftigte ihn, seit er von Onkel Josephs erstaunlichem Testament gehört hatte. Und diese herablassende Kritik hatte den letzten Anstoß gegeben. Nun würde er die Initiative ergreifen.

»Christine, hättest du keine Lust, für ein Jahr ins Hinterland zu ziehen, weit weg von dieser lauten, verwirrenden Welt? Könntest du es ertragen, dieses Haus zu verkaufen oder zu vermieten und mit mir in einer einfachen kleinen Hütte auf dem Land zu leben?«

Als sie sich ihren einsneunzig großen Mann in einer kleinen Hütte vorstellte, mußte Christine beinahe lachen. »Wovon wollen wir leben?« fragte sie. »Und was wird aus den Kindern?«

»Mit Onkel Josephs Geld können wir uns eine kleine Farm kaufen, trotz der überhöhten Preise heutzutage. Und wir könnten so weiterleben wie bisher – von meinen Büchern, von den Zinsen des Kapitals, das mir mein Vater hinterlassen hat. Wie hoch ist unser Einkommen jetzt? Ich weiß nur, daß ich dieser Diebsregierung lächerlich hohe Steuern zahlen muß.« Es spielte für Adrian keine Rolle, welche Regierung gerade am Ruder war, für ihn waren alle Politiker Diebsgesindel.

Sie dachte einen Augenblick lang nach, und dann nannte sie eine Summe, die nicht hoch, aber ausreichend war, sogar in diesem Zeitalter der überhöhten Preise. »Aber wir können nicht damit rechnen, daß du weiterhin Geld mit deinen Büchern verdienst. Und dann haben wir nur noch Brot mit Butter ohne Marmelade drauf.« Das würde vielleicht helfen, dachte sie hoffnungsvoll. Er konnte Butterbrote nicht ausstehen.

Aber er sah sie gekränkt an: »Warum sollten meine Bücher denn nicht mehr gehen? Vielleicht werde ich in dieser Idylle endlich das Buch schreiben können, von dem ich träume.« Wie jeder andere Verfasser von leichter Unterhaltungslektüre stellte er sich vor, daß er eines Tages ein großes, realistisches Werk schreiben würde.

Ausnahmsweise erlaubte es sich Christine, einen gewissen Ärger zu zeigen. »Du hast immer gesagt, daß du Inspiration brauchst, daß du mit interessanten Leuten zusammenkommen mußt. Aber die wirst du da draußen im Hinterland nicht finden. Dafür haben die diversen Regierungen gesorgt.«

Daraufhin folgte eine weitere Schmährede auf die Regierung, die mit den triumphierenden Worten schloß: »Aber ich sage dir, ich werde ihn finden.« Christine erkannte mit Entsetzen, daß er immer noch von dem einsamen mythischen Ort sprach, wo er seine Seele wiederfinden wollte. Doch dann erinnerte sie sich erleichtert, daß er schon oft alle möglichen Pläne geschmiedet hatte. Wie oft hatte er schon das Haus verkaufen und ein kleineres in einem billigeren Viertel erwerben wollen (jedesmal, wenn die Grundsteuer fällig war). Oder er wollte Robert überreden, seinen Job aufzugeben, in dem er so erfolgreich war, und eine Stellung hier in der Nähe anzunehmen (jedesmal, wenn der Rasenmäher streikte). Oder er wollte dem zuständigen Abgeordneten einen Protestbrief schreiben, weil in der Parallelstraße ein Baum gefällt werden sollte. Oder er beschloß, endlich darauf zu bestehen, daß Josephine ihre Karriere in Angriff nahm, statt mit dieser lärmenden Meute von Jugendlichen herumzuziehen (nach jeder Party, die Jo in seinem Haus gab). Er hatte schon viele Entschlüsse gefaßt, und nie war etwas dabei herausgekommen. So würde es auch diesmal sein.

Das sagte sie auch zu Jo, als das Mädchen von einer aufregenden und leicht ermüdenden Wochenendparty im Haus einer Freundin zurückkam. Jo, groß und schlank, in ihren besten Augenblicken bildschön und in ihren schlimmsten immer noch hübsch, runzelte nachdenklich die Stirn. »Ich glaube, daß er es diesmal ernst meint. Onkel Josephs Erbe liegt ihm schon seit einiger Zeit schwer im Magen. Er hat sich doch immer über den Verkehrslärm und über den Fernsehapparat beschwert, der im Nachbarhaus bis zwei Uhr nachts läuft. Adrian will dem allen für eine Weile entfliehen. Er sehnt sich nach Ruhe und Frieden. Oder er bildet es sich ein.«

Jo und Robert waren natürlich viel zu modern, um ihre Eltern anders als bei den Vornamen zu nennen. Adrian gefiel das. Es gab ihm das Gefühl, jünger zu sein. Christine war nicht so ganz damit einverstanden, aber sie beschwerte sich nicht.

»Er könnte sich hier doch einen schalldichten Raum einbauen lassen«, meinte sie.

»An einer so vernünftigen Lösung des Problems hätte Adrian keinen Spaß.«

Glücklicherweise liebte Jo ihre Eltern beide in gleichem Maß, und sie tolerierte Adrians Launen. Mutter und Tochter waren gern zusammen, wenn auch nicht übertrieben oft. Und wenn es Christine auch irritierte, daß sich Jo weder für einen Beruf noch für einen Ehemann entscheiden konnte, so mischte sie sich nicht in die Angelegenheiten des Mädchens ein. Adrian war bezaubert von der Schönheit seiner Tochter und jederzeit mit Ratschlägen zur Stelle, auch unaufgefordert. Jo hatte ihr Philosophikum gemacht, um dem Beispiel ihrer Freundinnen zu folgen, und jetzt wußte sie nicht, was sie damit anfangen sollte. Unzufrieden nahm sie einen Job nach dem anderen an. Sie hatte sich geweigert, Lehrerin zu werden. »Viel zu langweilig«, hatte sie erklärt. Und sonst hatte sie auch keine beruflichen Interessen oder Erfolge. Unglücklicherweise hatte sie aber herausragende Erfolge beim anderen Geschlecht und ging mit ihren Verehrern um, »als wären sie ein Päckchen Spielkarten«, wie Christine einmal anklagend zu Adrian gesagt hatte. Ihre Freundinnen waren ebenso zahlreich, und sie eilte von einer Party zur anderen. Christine meinte, Jo sei vor allem deshalb so vergnügungssüchtig, weil sie innerlich unzufrieden sei und noch nicht wisse, was sie aus ihrem Leben machen solle. Mit der Zeit werde sich das schon geben.

Robert war ein großer Trost. Auf ihn konnte ihr Mutterherz stolz sein. Adrian fand die Normalität seines Sohnes etwas verwirrend. Robert hatte seinen Eltern nie Grund gegeben, sich über lange Haare und Vollbart aufzuregen. Er hatte einen ausgeprägten Sinn fürs Praktische, mit Erfolg Landwirtschaft an der Universität in Massey studiert und dann, ohne sich in einem spektakulären Job zu versuchen, als Schafhirte auf einer Farm im Süden angefangen. Dort hatte er sich inzwischen zu einem leitenden Angestellten emporgearbeitet. Jo war stolz auf ihren Bruder und er auf seine schöne Schwester, aber sie sahen einander nur selten. Mit seinen Eltern kam er gut aus, und er lächelte gutmütig, wenn ihm wieder einmal bewußt wurde, daß Adrian sich einen temperamentvolleren, künstlerisch veranlagten Sohn gewünscht hätte, der sich wenigstens für Journalismus interessierte. Adrian hatte gehofft, daß Robert seine geistigen Neigungen geerbt hätte, und es war ein schwerer Schlag für ihn gewesen, als sich sein Sohn für die Landwirtschaft entschied.

Robert hatte überhaupt keine poetische Ader. Als Adrian ihn einmal gefragt hatte, ob die wilden Stürme auf der Schafweide nicht Verse in seinem Herzen weckten, hatte der junge Mann lachend erklärt, sie inspirierten ihn höchstens zu unaussprechlichen Flüchen. Und versuchsweise Bemerkungen über einen goldenen Abendhimmel veranlaßten Robert nur zu düsteren Wetterprognosen. Danach gab es Adrian auf und begnügte sich damit, sich an den Reitkünsten seines Sohnes zu erfreuen, an seinem gesunden Menschenverstand; und dann ging er dazu über, das Stadtvolk zu verdammen, das so hochnäsig über die »simplen Farmer« sprach. Schließlich wären die Farmer doch das Salz der Erde.

Christine verlangte wenig von ihren Kindern, und sie hatte Verständnis für die beiden, trotz der verwirrenden Überraschungen, die Jo ihr manchmal bereitete. Sie gab sich zufrieden mit einer Beziehung, die Adrian als oberflächlich bezeichnen würde, die aber dem Unabhängigkeitsdrang der Jugend genügend Raum ließ. Die beiden liebten sie, ohne Verpflichtungen ihr gegenüber zu fühlen, und Christines einziger Kummer war, daß Jo gerade eine so unruhige Zeit durchlebte und daß ihre Kinder so wenig voneinander sahen.

Jo kam wieder auf die allerneueste Idee ihres Vaters zu sprechen, als sie an diesem Abend mit Christine allein war. »Glücklicherweise gehen solche Träume meist vorüber. Stell dir doch uns drei vor, wie Pelikane in der Wildnis, wie wir im Schlamm einer Landstraße feststecken, umgeben von Adrians ›Söhnen der Erde‹. Da bleibe ich schon lieber in der Stadt und suche mir einen Job.«

»Was für einen Job?« fragte Christine in ihrer entnervenden Direktheit, und ihre Tochter lachte. Sie war keineswegs beleidigt. In dieser Familie war nur Adrian mimosenhaft veranlagt.

»Du hast recht«, erwiderte sie fröhlich. »Was für einen Job? Wer würde mich einstellen? Ich habe schon soviel ausprobiert, und immer wieder mußte ich feststellen, daß meine Arbeitgeber andere Vorstellungen von den diversen Jobs hatten als ich. Ich könnte meinen Lebensunterhalt nicht bestreiten, wenigstens nicht in dem Stil, den ich gewohnt bin, und ich möchte Adrian nicht um Geld bitten, vor allem nicht, nachdem ich mich geweigert habe, seine Kapriolen mitzumachen. Das heißt, wenn er seinen verrückten Plan tatsächlich verwirklicht, und es sieht wohl doch danach aus, denn ich habe für ihn einen Luftpostbrief an Robert aufgegeben. Und du weißt, daß Adrian kaum jemals Briefe schreibt. Außerdem hat er an verschiedene Grundstücksmakler geschrieben. Es liegt jedenfalls was in der Luft.«

»Aber warum hat er denn an Robert geschrieben? Er braucht ihn doch nicht in diese dumme Sache hineinzuziehen.«

Adrian gab sich sehr geheimnisvoll. Er haßte das Telefon und war meist sehr ungehalten, wenn es schrillte. Aber in letzter Zeit hatte er sich mehrere Anrufe in sein Arbeitszimmer legen lassen, und Christine hatte ihn schreien hören. »Aber so etwas will ich nicht, das habe ich Ihnen doch gesagt. Es muß ganz einsam sein... Nein, ich will nicht in der Nähe einer Schule wohnen. Ich habe keine Kinder, die ich dahin schicken könnte.«

Als das Telefongespräch an diesem Punkt angelangt war, rannte Christine davon. Es widersprach ihrem Ehrgefühl, an der Tür zu lauschen. Jo, die von solchen Gefühlen verschont wurde, kam eines Tages zu ihr und sagte: »Ich habe geschnüffelt. Nein, ich habe keine Briefe gelesen. So tief bin ich nicht gesunken. Aber ich habe mich vor seiner Tür herumgetrieben, als er telefonierte. ›Ein Grundstücksmakler sollte so etwas doch verstehen‹, sagte er. ›Es ist doch ganz einfach. Ein kleiner Besitz, keine Stadt in der Nähe, Elektrizität, sonst kein Luxus.‹ In diesem Augenblick wäre ich am liebsten ins Zimmer gerannt und hätte gerufen: ›Aber bitte keine Senkgrube, sondern ein englisches Klo!‹ Doch ich beherrschte mich und schlich auf Zehenspitzen davon, sehr nachdenklich. Chris, ich glaube wirklich, unser lieber Adrian träumt von irgendeiner abgelegenen Hütte, mit genügend Ackerland drumherum, so daß Robert beschäftigt und glücklich ist. Keine schlechte Idee – Adrian, der Landeigentümer, Robert, der junge Erbe. Natürlich ist nur dieses verdammte Legat schuld. Er will es nicht anlegen, sondern verschwenden.«

Christine lächelte. Sie war niemals böse, wenn Jo ihren

Vater kritisierte, denn sie wußte, daß der Spott liebevoll gemeint war. »Natürlich will er für Robert eine Farm kaufen, nachdem er Onkel Josephs Geld geerbt hat. Und ich nehme gern ein Jahr in Schlamm und Gestrüpp auf mich, wenn ich dafür zusehen kann, wie sich der Junge etwas Eigenes aufbaut.«

»Du bist viel zu unterwürfig. Warum hältst du ihn nicht davon ab? Du könntest es.«

»Meine Liebe, habe ich jemals versucht, deinen Vater von irgend etwas abzuhalten? Erinnere dich an den Garten mit den Apfelbäumen, an die Bienen, an die Angorahasen. Es hat gar keinen Sinn, sich aufzuregen. Er wird diesen Plan genauso schnell satt haben wie all die anderen Vorhaben, und ich werde schon dafür sorgen, daß er sich nicht zu tief darin verrennt. Er wird dieses Haus nicht verkaufen und Robert nicht zu irgend etwas zwingen, was der Junge später bereuen müßte.«

Doch Robert war Feuer und Flamme. Eine Woche nachdem Jo den Brief aufgegeben hatte, kam er für drei Tage angeflogen, um alles zu besprechen. »Nur – mit Adrian kann man ja gar nichts besprechen«, sagte er, und sie lächelten alle. Wie gewöhnlich redete Adrian ganz allein.

»Du hast gesagt, du möchtest eine eigene Farm haben, mein Junge, und es würde dir nichts ausmachen, wenn sie sehr abgeschieden wäre. Nun, ich hege ähnliche Empfindungen, und deshalb schlage ich vor, daß wir uns für ein Jahr zusammentun, bis du allein auf deinen Beinen stehen kannst und das Unternehmen läuft. Bis dahin wärst du nicht so einsam, und ich könnte dir helfen.« Niemand lachte, als er das sagte. »Ich habe nun das nötige Geld, weil dein Großonkel mir eine hübsche Summe hinterlassen hat, und er war viel reicher, als wir dachten. Bei dieser Inflation ist es das beste, sein Geld in Grund und Boden zu investieren. Bis zum Ende des Jahres werden wir wissen, ob wir der Stadt für immer den Rücken kehren wollen. Dann werden wir ein Haus auf deinem Farmland bauen und aufpassen, daß wir dir nicht ins Gehege kommen. Natürlich sind die Grundstückspreise verdammt hoch, aber wir werden schon was Passendes finden.«

Eine kleine Pause entstand, und dann sagte Robert: »Das ist eine wunderbare Idee. Aber bist du sicher, daß du das auch wirklich willst? Wie du gesagt hast, Grundstücke sind zur Zeit sehr teuer. Ich habe ein bißchen was gespart, aber das würde nicht einmal genügen, um eine kleine Farm anzuzahlen. Es wäre nicht fair, dir die gesamte finanzielle Belastung aufzuhalsen.«

Adrian konnte überraschend praktisch sein. Er beabsichtigte, nur das Geld anzugreifen, das er von Onkel Joseph geerbt hatte, sein Kapital dagegen unangetastet zu lassen. »Das Erbe meines Vaters und das Geld, das ich mit meinen Büchern verdient habe, in sechs Jahren voller Blut und Schweiß...« Das war natürlich Unsinn, denn Adrian genoß seine Popularität und den Erfolg, den ihm seine Bücher gebracht hatten. In seinem Herzen wußte er, daß er ein sehr glücklicher Mann war, trotz des närrischen Verlangens, ein Werk für die Ewigkeit zu schreiben. Er wollte eine kleine Farm im Hinterland kaufen, die wegen ihrer Abgeschiedenheit und Rückständigkeit billig zu haben war, vorausgesetzt, es gehörte ein bewohnbares Haus dazu. »Wozu brauchen wir Läden und Kinos in der Nähe?« fragte er, der niemals mehr als eine Viertelstunde von einem Postamt entfernt gelebt hatte.

»Aber Adrian!« sagte sein Sohn. »Du kennst diese Art von Leben nicht, und du magst doch die Menschen.«

»Und sie mögen dich«, fügte seine Tochter hinzu und wurde mit einem dankbaren Lächeln belohnt.

»Die Leute werden dich vermissen«, warf Christine ein. »Und was soll aus deinen literarischen Freunden werden?«

fragte sie unklugerweise.

»Dann sollen sie mich eben vermissen«, sagte Adrian wütend und dachte an jene arrogante Kritik. »Sollen sie sich an diesem modischen pornographischen Geschreibsel weiden. Der Tag wird kommen, da...«

Christine legte sanft die Hand auf seinen Arm. »Der Tag ist gekommen, Lieber. Du schreibst einen Bestseller nach dem anderen. Wenige Schriftsteller in Neuseeland können sich rühmen, den ausländischen Markt so erfolgreich wie du erobert zu haben.«

Adrians Miene hellte sich wieder auf. Er ist wie ein liebes, verletzliches Kind, dachte seine Frau, ein bezauberndes Kind, aber mit einer gehörigen Portion Egoismus. Jo dachte, was für ein Segen es doch war, daß Chris so gut mit ihm umgehen konnte. Er betete seine Frau an, und letzten Endes machte er doch immer das, was sie wollte.

Und dann rückte er mit der großen Neuigkeit heraus. Er habe Erkundigungen eingezogen, und es gebe gewisse Schwierigkeiten. »Die Grundstücksmakler sind ja solche Idioten. Sie begreifen einfach nicht, daß man die Einsamkeit sucht. Sie reden von geteerten Straßen und Schulen in der Nähe. Aber nun habe ich ein oder zwei Objekte gefunden, eines wäre ganz besonders interessant. Es ist hundertsechzig Kilometer weit weg. Wir könnten es uns ja mal ansehen, wenn ihr Zeit habt.«

Hundertsechzig Kilometer – Christine und Jo atmeten auf. Das klang nach Vorstadtgebiet. »Und das Haus, Adrian?« fragte seine Frau. »Du willst es doch nicht verkaufen, oder? Es ist unser Heim, und wir wollen zurückkommen, wenn du es satt hast – ich meine, wenn du dich von dem Lärm und der Menschenmenge in der Stadt erholt hast.«

Wie das Leben so spielt – ein passender Mieter war bereits gefunden, ein Dozent, der verzweifelt ein Haus suchte.

»Keine kleinen Kinder, und seine Frau schwärmt für Haus- und Gartenarbeit. Du brauchst dir also keine Sorgen zu machen, daß hier alles vernachlässigt wird.« Plötzlich dachte Adrian an seine Tochter, und er wandte sich zu ihr. »Und du? Wirst du deine Eltern begleiten und deine Karriere für eine Weile vergessen, mein Liebes?«

Jo hatte keine Ahnung, von welcher Karriere er sprach, aber sie ergriff die günstige Gelegenheit und sagte: »Ja, Adrian, wenn ich mir einen Hund und ein Pferd halten darf. Das habe ich mir schon immer gewünscht.« Sie erwähnte nicht, daß sie erst vor fünf Minuten auf diese Idee gekommen war. Aber dies war jedenfalls der richtige Augenblick, davon zu sprechen, denn Adrian war in großzügiger Stimmung.

»Natürlich, natürlich. Das echte Landkind, mit Pferd und Hund ... Und du, Robert? Hast du Lust? Wenn nicht, mußt du es mir ehrlich sagen. Natürlich müßtest du erst einmal herausfinden, was für Möglichkeiten in dieser Farm stecken. Aber wenn sie dir zusagt, würde ich sie dir übergeben, und du könntest allein schalten und walten.«

Robert war überwältigt, aber er sagte nur wenig, denn er war kein Mann großer Worte. Eine eigene Farm ... »Das ist schrecklich nett von dir, Adrian. Schauen wir uns das Objekt mal an. An die Einsamkeit bin ich gewöhnt. Die Schaffarm liegt fünfzig Kilometer von der nächsten Stadt entfernt. Die Frage ist nur – wie ist das Land? Es kann nicht sehr ertragreich sein, wenn es bei den gegenwärtigen Grundstückspreisen billig ist. Aber heutzutage hat man die Möglichkeiten, auch aus einem schlechten Boden einiges herauszuholen.«

Zögernd erwiderte Adrian: »Ich sage es euch lieber gleich. Die Farm ist so billig, weil sie an einer schlammigen Lehmstraße liegt.«

Christine sagte nichts, obwohl ihr das Herz schwer

wurde. Es war ja nur für ein Jahr, und hinter einer Lehmstraße würde Adrian ganz bestimmt die Stille finden, die er suchte.

2

Sie hatten beschlossen, gleich am nächsten Morgen zu der Farm hinauszufahren. Unglücklicherweise wurde der Aufbruch hinausgezögert, weil Adrian mit einem Hemd zu kämpfen hatte. Es gehörte zu seinen Eigenheiten, seine Wut an unbeseelten Gegenständen auszulassen und nur selten an seinen Mitmenschen. Christine ging in sein Zimmer, sah ein zusammengeknülltes Hemd in der Ecke liegen, und er sagte entschuldigend: »Das verdammte Ding schleuderte seine Knöpfe von sich, sowie es mich erblickte.« Trotzdem waren sie schon um sieben Uhr unterwegs. Robert saß am Steuer, und nach zweieinhalb Stunden hatten sie den größten Teil der Strecke auf einer breiten Asphaltstraße zurückgelegt. Sie kamen zu einem Schild mit der Aufschrift »Eldado«, und die Szenerie veränderte sich, als sie auf einer gewundenen Schotterstraße weiterfuhren, an der nur hin und wieder vereinzelte Häuser lagen.

»Miese Straße«, bemerkte Adrian, und sein Pioniergeist erhielt einen kleinen Dämpfer. »Und was für ein merkwürdiger Name – Eldado...«

»Wahrscheinlich hat es jemand ›Eldorado‹ genannt und dann bemerkt, daß es keins ist«, meinte Christine. »Und so hat er eine Silbe weggelassen.«

»Sehr wenig Farmen«, kommentierte Robert, »und wenig Steuereinnahmen. Deshalb kümmert sich der Gemeinderat wohl nicht um die Straße.« Er drosselte das Tempo und sagte sich, daß man ja nicht viel erwarten könne, wenn die Farm so billig war.

Sie passierten mehrere Farmen und fuhren dann durch jungfräulichen Wald. Robert meinte, dies müsse entweder Urwald sein oder ein riesengroßes Reservat. Später entdeckten sie, daß der Waldgürtel nur schmal war und daß dahinter ein paar kleine, aber ertragreiche Farmen lagen, deren Häuser sich um ein Zentralgebäude gruppierten. Hier lebte eine kleine Kolonie von Maori-Farmern, glücklich, zufrieden und erfolgreich. Sie betrieben Milchwirtschaft und transportierten ihre Produkte zur Hauptstraße, wo sie regelmäßig abgeholt wurden, in der Hochsaison zwei- bis dreimal in der Woche.

Die meisten waren in der Stadt zur Schule gegangen, waren aber dann auf ihr Land und zu ihrem Lebensstil zurückgekehrt, der Unabhängigkeit mit Privatsphäre verband. Mit den Pakeha-Siedlern kamen sie gut aus und wurden von ihnen respektiert. Die Post deponierten sie dreimal pro Woche an der Hauptstraße und holten gleichzeitig auch die Sendungen ab, die sie bekamen. Dadurch waren sie völlig unabhängig von Eldado, ein ideales Leben für Leute, die die Vorzüge einer Pakeha-Kommune genießen wollten, kombiniert mit der Kultur der Maori.

Aber das alles sollte die Familie Medway erst später erfahren. An diesem Tag sahen sie nur Wald und keine Anzeichen von Besiedlung, außer breiten Wagenspuren zwischen den Bäumen, die scheinbar ins Nichts führten. Als sie aus dem Dickicht hervortauchten, warf Robert einen Blick auf den Kilometerzähler. »Wenn das Schild recht hat, müßten wir nur noch zwölf Kilometer von Eldado entfernt sein. Ich nehme an, das ist eine kleine Siedlung.«

»Aber wir fahren nicht bis zum Dorf«, sagte Adrian. »Die Abzweigung zur Farm muß schon nach drei Kilometern kommen.« Als sie dann an einem kleinen Schuppen vorbeikamen, meinte er: »Hier muß es sein. Die Hütte gehört zwei alten Männern, die von ihrer Rente leben und sich nie blikken lassen.« Es befriedigte ihn sichtlich, daß er so exzentrische Nachbarn haben würde, die genau wie er der Zivilisation abhold waren.

Und da war auch schon die Abzweigung, und auf einem Schild stand »Sackstraße«. Die Straße schien im Gebüsch zu verschwinden, aber nach einer Biegung führte ein schmaler Lehmstreifen am Rand einer steilen Böschung entlang, in beängstigenden Haarnadelkurven. Der Schatten mächtiger Bäume nahm sie auf, und sie hörten hoch oben im dichten Laub einen Vogel singen, den sie jedoch nicht sehen konnten.

»Himmlisch!« rief Adrian. »O Gott, wie einsam!« sagte Christine im gleichen Augenblick.

Jo lachte. »Das ist wirklich das Ende der Welt.«

»Gutes Land«, meinte Robert, »nach dem Zustand der Bäume zu schließen. Aber ziemlich unzugänglich.«

»Unzugänglich?« wiederholte Adrian leicht irritiert. »Aber die Straße ist doch sehr gut. Natürlich, bei diesen scharfen Kurven muß man vorsichtig fahren.«

»Und man braucht massive Ketten, wenn sich dieser Staub in Schlamm verwandelt hat.«

»Ich gratuliere dir, Adrian«, sagte Jo. »Ich glaube, du hast die einzige Farm von Neuseeland gefunden, zu der man auf einer Lehmstraße fahren muß.«

»Unsinn, mein Liebes! Es gibt viele Lehmstraßen, und kein Mensch regt sich darüber auf. Und diese Straße ist ja nur für ein paar Monate im Jahr schlammig.«

»Und wenn ich nun gerade in einem dieser Monate dringend in der Stadt zu tun habe?« fragte seine Tochter unbarmherzig.

»Aber die Straße ist hübsch, und wir brauchen keine

Angst zu haben, daß wir hier jemandem begegnen werden.«

Adrian strahlte. »Genau das wollten wir doch, nicht wahr?« fragte er seine Familie, die nichts dergleichen wollte.

»Vorausgesetzt, daß sich was aus der Farm machen läßt«, entgegnete sein Sohn, und Adrian seufzte. Daß Robert so materialistisch sein mußte...

Plötzlich tauchte hinter einer Haarnadelkurve die Farm auf. Die Straße verlor sich im Nichts, und sie sahen eine Anhöhe, ein Haus, das in den Überresten eines Gartens zu stehen schien, von Unkraut überwachsene Felder.

»In einem Punkt war der Makler wenigstens ehrlich«, meinte Christine. »Er hat gesagt, daß das Haus ziemlich groß ist. Es hat auch verglaste Fenster, nicht nur mit Leinwand vernagelte Maueröffnungen.«

Adrian warf ihr einen nervösen Blick zu. »Das Haus scheint in gutem Zustand zu sein, und aus dem Garten läßt sich sicher einiges machen.« Und das sagte ein Mann, der kaum jemals einen Spaten in die Hand nahm und Unkraut nicht von Blumen unterscheiden konnte!

Robert parkte den Wagen schweigend im Hof, schweigend stiegen sie aus und gingen über einen holprigen Weg auf das Haus zu.

»Der Makler hat mir den Namen des Farmers genannt, der diesen Besitz gepachtet hatte«, sagte Adrian mit erzwungener Fröhlichkeit. »Wir gehen zu ihm, wenn wir die Farm begutachtet haben. Von hier aus kann man ja wirklich nicht viel sehen.«

Robert hatte sich mit Kennermiene nicht das Haus angesehen, sondern die Pferdekoppel. Gar nicht so schlecht – zumindest lag sie in der Sonne, und früher war gutes Gras hier gewachsen. Man mußte nur das Unkraut entfernen, den Zaun erneuern... Ja, man konnte was aus der Farm machen, und der Preis war niedrig genug. Nur diese Preisklasse lag im Bereich seiner finanziellen Möglichkeiten, auch mit

Adrians Hilfe. »Ihr könnt ja das Haus inspizieren«, sagte er, »ich sehe mir inzwischen die sogenannte Farm an.«

Aber Christine war an der Grenze ihrer Nervenkraft angelangt. »Erst sehen wir uns alle das Haus an. Wenn es in einem so unmöglichen Zustand ist, daß man nicht einmal ein Jahr lang darin wohnen kann, brauchst du dir das Land gar nicht erst anzuschauen.« Und sie nahm energisch den Schlüssel aus Adrians widerstrebenden Fingern.

Man konnte nicht feststellen, ob das Haus unmöglich war. Es war wetterfest und in gutem Zustand, auch wenn überall Spinnweben hingen und dicke Staubschichten die Böden bedeckten. Es hatte drei Schlafzimmer, ein großes Wohnzimmer, eine Küche, ein Bad, die Anordnung der Räume war zwar ziemlich phantasielos, aber sie waren wenigstens bewohnbar. »Es ist ja nur für ein Jahr«, sagte Christine seufzend zu Jo. »Es macht mir nichts aus, wenn er hier glücklich ist und dann bereitwillig mit mir in ein normales Leben zurückkehrt. Seltsam, daß man hier für das eine Haus elektrische Leitungen gelegt hat...«

»Die Küche ist noch am schönsten«, meinte Jo. »Wenn wir wirklich hierherziehen, werden wir in der Küche essen. Wenn wir das Essen erst durch diesen zugigen Korridor ins Wohnzimmer am anderen Ende tragen, wird es kalt.«

Robert sah sich nur flüchtig um. Das Haus war bewohnbar, das genügte. Er blickte durch die altmodischen Fenster auf das Land. Ja, es sah gut aus. Und trotz des Unkrauts wuchsen immer noch eine Menge Futterpflanzen. Was das Haus betraf, so würde es die Familie schon ein paar Monate darin aushalten. Danach würden sie das einfache Leben satt haben, und er würde einen Farmarbeiter einstellen, der ihm helfen würde, den Besitz auf Vordermann zu bringen. Er wußte, daß Sam, einer der jungen Schafhirten auf der Farm im Süden, nicht zufrieden war und sich einen anderen Job suchen wollte. Er war befreundet mit Sam, und er würde ihn brieflich bitten, vorerst dort zu bleiben, wo er war. Dann versuchte er seine Gedanken auf trivialere Dinge zu lenken, zum Beispiel auf die Frage, ob sie einen neuen Herd brauchen würden, und was für ein Segen es doch war, daß die Küchenschränke in Ordnung waren.

Aber es hatte wenig Sinn, sich über solche Dinge den Kopf zu zerbrechen, solange er noch nicht herausgefunden hatte, ob es sich lohnen würde, die Farm zu bewirtschaften. Sicher war der Preis auch deshalb so günstig, weil der Makler das Objekt loswerden wollte. Die Farm gehörte zu einem Landgut, dessen Betrieb seit langem eingestellt war, und bisher hatte vermutlich jeder potentielle Käufer beim Anblick der Lehmstraße die Flucht ergriffen, ohne sich die Farm selbst anzusehen.

Adrian hatte sich über die näheren Umstände nur sehr vage ausgedrückt. Trent, der Mann, der die Farm bisher gepachtet hatte, würde ihnen alles Wissenswerte erzählen, und bis dahin könnten sie sich ja selbst ein Bild machen. Trotz seiner Pose als weltfremder Schriftsteller war Adrian keineswegs ein schlechter Geschäftsmann.

»Natürlich bringt die Straße Probleme mit sich«, sagte Robert. »Wenn jetzt nicht Sommer wäre, wir wären zweifellos steckengeblieben.«

Doch Adrian meinte, man dürfe wegen dem bißchen Schlamm nicht gleich die Flinte ins Korn werfen, und sein Sohn lachte gutmütig. »Nun, solange Jo und ich hier sind, um dir mit den Ketten zu helfen. Doch darüber brauchen wir uns keine Sorgen zu machen. Ich habe ohnehin das Gefühl, daß sich aus der Farm nicht viel machen läßt.«

Aber da hatte er sich geirrt. Der Boden war gut und fruchtbar, und er war in der richtigen Weise bebaut worden, bis ein älteres Ehepaar die Farm gekauft hatte. Die beiden hatten im Grünen leben wollen, aber sie hatten sich kaum um die Farm gekümmert. Auf deren Erträge waren sie nicht angewiesen, und so hatten sie glücklich und zufrieden in der Einsamkeit gelebt, bis ihr gesundheitlicher Zustand sie zwang, in die Zivilisation zurückzukehren. Bis dahin war die Farm ziemlich heruntergekommen, und als sie ein Jahr später starben, wollte ihr Neffe, der sie beerbte, den Besitz möglichst schnell verkaufen.

Das war zwei Jahre her, und seitdem hatte sich kein Käufer gefunden. Trent hatte wenig getan, um den Zustand der Farm zu verbessern. Er hatte nur hin und wieder den Grenzzaun ausgebessert und seine Kühe auf den Wiesen weiden lassen. Als die Zeit verstrich und immer noch kein Käufer auftauchte, setzte der Makler den Kaufpreis resignierend noch weiter herab. Er nahm an, daß Adrian Medway ein Sommerrefugium suchte, wo er in Ruhe seine Romane schreiben konnte. Er hatte keine Ahnung, daß der Schriftsteller auch die Farm bewirtschaften wollte, und Adrian sah keinen Grund, ihn aufzuklären. »Er würde den Kaufpreis gleich wieder hinaufsetzen, wenn er das wüßte«, meinte er mit dem erstaunlichen Scharfsinn, den er stets an den Tag legte, wenn es um Geschäfte ging.

Christine hatte geahnt, daß der elektrische Strom abgeschaltet sein würde, und einen Picknickkorb gepackt. Sie hatte auch eine große Thermosflasche mit Kaffee gefüllt. Und während Robert die Schuppen hinter dem Haus inspizierte, beging sie einen großen Fehler. Sie bat Adrian, die Flasche aus dem Wagen zu holen.

Das Ergebnis war abzusehen. Als sie aus dem Fenster auf die kummergebeugte Gestalt ihres Mannes blickte, sagte sie: »Wie dumm von mir! Wo ich doch weiß, wie ungeschickt er ist... Such ein bißchen Holz zusammen, Jo, wir machen ein Feuer.« Und zu Adrian sagte sie nur: »Macht nichts, mein Lieber. Wirf die Scherben in den großen Mülleimer an der Hintertür.«

»Du willst sie wegwerfen? Die äußere Hülle kann man

doch noch gebrauchen und ein neues Innenteil kaufen. Komisch, daß das Ding gleich zerbricht, wenn man es fallen läßt... Heb doch die Hülle auf, Christine, ich habe diese Thermosflasche so geliebt.«

»Unsinn! Es ist einfacher, eine neue zu kaufen, als nach einem Ersatzteil zu suchen. Thermosflaschen haben eben nur ein begrenztes Leben.«

»Aber das ist doch die Flasche, die wir in die Berge mitgenommen hatten, damals in den Ferien, die du unsere zweiten Flitterwochen nanntest...«

Als sie seinen gekränkten Blick sah, sagte sie sanft: »Wir brauchen doch keine Thermosflasche, um an jene glückliche Zeit erinnert zu werden.«

Sofort war er getröstet und ließ es widerspruchslos geschehen, daß seine Frau die Reste der geliebten Thermosflasche in den Mülleimer warf. Bald danach tranken sie alle Kaffee, während ein kleines Feuer widerwillig im Herd brannte, dessen Schornstein vermutlich durch ein Vogelnest verstopft war. Adrian hatte sich von dem Zwischenfall mit der Thermosflasche erholt und war wieder voller Enthusiasmus. »Kommt, wir wollen uns draußen umsehen.«

Aber Christine hatte schon festgestellt, wie steil die Hänge und wie holprig die Wege waren, und sie weigerte sich energisch. Zu ihrer Überraschung erklärte sich Jo bereit, die Männer zu begleiten. »Wenn ich ein Jahr lang auf dieser verdammten Farm leben soll, dann will ich wenigstens gleich von Anfang an wissen, was mir blüht«, sagte sie mit einem honigsüßen Lächeln, das ihren Vater kränkte und ihre Mutter amüsierte. Wäre es möglich, daß Jo das Lebensziel, das sie so rastlos suchte, auf dem Land fände? Doch dann reizte sie der Gedanke, ihre weltgewandte Tochter könne sich in ein Landmädchen verwandeln, zum Lachen. Ihre Begeisterung für die Farm würde genauso schnell nachlassen, wie sie stets das Interesse an ihren diversen Beschäftigungen und Jobs verlor. »Geht nur ohne mich«, sagte Christine. »Ich verstehe nichts von Farmen, aber um so mehr von Häusern. Während ihr euch draußen umseht, werde ich mir überlegen, wie man diese Bude hier wohnlich gestalten kann.«

»Du darfst aber nicht vergessen, daß alles von der Beschaffenheit des Landes abhängt, nicht vom Haus«, ermahnte Adrian seine Frau. »Sei also nicht zu enttäuscht, wenn unsere Entscheidung negativ ausfällt.«

Sie blieb allein zurück und wunderte sich erst einmal über den überraschenden Optimismus ihres Mannes. Er glaubte also, daß sie sich bereits in das Haus verliebt hatte. Er liebte es zweifellos schon jetzt. Aber wie lange würde das anhalten? Nun, es mußte immerhin ein Jahr lang anhalten, denn sie würden ihr Haus in der Stadt für ein ganzes Jahr vermieten. Und Jo? Es war durchaus möglich, daß der neue Lebensstil, kombiniert mit Hund und Pferd, sie hier für eine ganze Weile festhielt.

Sie beobachtete die drei, wie sie auf einen Hügel stiegen. Adrian hatte die Führung übernommen, in straffer Haltung, ganz der künftige Gutsherr. Er wird die Farm also kaufen, dachte Christine resignierend. Doch dann ging ihr ein neuer Gedanke durch den Kopf: Wenn Robert sich dadurch etwas Eigenes aufbauen kann, dann will ich gern alle Mühen auf mich nehmen.

»Nun?« fragte sie, als Jo vor den beiden Männern zurückkam.

»Oh, er wird die Farm kaufen, komme, was da wolle.«

»Es wäre immerhin ein Anfang für Robert. Und du? Hast du ihn um ein Pferd und einen Hund gebeten, wenn du ohnehin nur ein paar Wochen bleibst?«

Jo lachte. »Vielleicht bleibe ich viel länger. Vielleicht macht es mir Spaß, Robert bei der Arbeit zu helfen. Und wenn ich doch früher als erwartet verschwinden sollte, kann

Robert das Pferd versorgen, und den Hund kann ich mitnehmen.«

Christine sagte nichts dazu, und Jo fuhr nachdenklich fort: »Seltsam, wie viele meiner Freundinnen sich zu nichts entschließen konnten... Sicher, ein paar sind Lehrerinnen und Krankenschwestern, aber die meisten fliegen einfach nach Europa, um dort zu jobben und endlich heauszufinden, wofür sie sich eigentlich interessieren.«

»Willst du das auch tun?«

»Vorerst nicht. Diese Farm hat mich bezaubert, dazu noch die Aussicht, ein Pferd und einen Hund zu halten... Ah, da kommt ja Adrian der Eroberer, gefolgt von seinem treuen Vasallen. Die Antwort wird ›ja‹ lauten. Was wollen wir wetten?«

Jo hatte sich nicht geirrt, und Adrian fragte Christine besorgt, ob sie sich ein »Leben in primitiver Isolation« vorstellen könne. »Ja, aber nur für ein Jahr«, antwortete sie. »Also sieh zu, daß du möglichst bald deine Seele findest.«

Sie schlangen das Essen hinunter, weil sie noch Malcolm Trent besuchen wollten, den Farmer, der den Besitz gepachtet hatte, und Christine wollte vor Einbruch der Dunkelheit zu Hause sein. Trents Farm lag zwischen ihrer Abzweigung und Eldado; sie hatten Glück, daß sie ihn zu Hause antrafen. Er war ein kräftig gebauter, intelligenter Mann, und seine Frau Caroline war eine hübsche Frau um die Fünfzig. Trent arbeitete gerade an seinem Traktor, als sie ankamen, und sie gingen zusammen ins Haus, um über die vernachlässigte Farm und ihre Möglichkeiten zu diskutieren. Er nannte die Farm »Gipfelkreuz«, und Adrian fragte interessiert, wie sie zu diesem Namen gekommen sei.

»Einmal schlug der Blitz in zwei hohe Bäume auf dem Gipfel des Hügels gleich hinter dem Haus. Sie stürzten so zu Boden, daß sie ein Kreuz bildeten. Und so nannte der alte Anderson, ein phantasievoller Mann, die Farm ›Gipfelkreuz‹, und dabei blieb es. Er war ein seltsamer Vogel, der die Einsamkeit liebte, aber er ließ die Farm verkommen. Als Anderson und seine Frau in die Stadt zurückgingen, pachtete ich ›Gipfelkreuz‹, aber ich habe dort leider auch nicht viel gemacht. Ich habe nur die Weideflächen genutzt. Um ehrlich zu sein, ich hätte nie gedacht, daß ein Interessent auch nur einen Blick hinter die erste Kurve dieser verdammten Lehmstraße werfen würde.«

»Die Leute machen heute viel zuviel Getue um ihre geliebten Asphaltstraßen«, klagte Adrian. »Es gibt keinen Pioniergeist mehr...« Er vergaß zu erwähnen, daß auch er diesen Geist erst vor kurzem entwickelt hatte.

Trent sah ihn respektvoll an. »Und Sie wollen sich wirklich dort niederlassen? Aber das wäre die Aufgabe eines jungen Mannes.«

Adrian erkärte, daß sein Sohn die Farm übernehmen und er nur als Roberts Assistent fungieren werde. Trent nickte. »Vater und Sohn – eine gute Idee. Mein Sohn hat gerade seine Arbeit auf einer anderen Farm beendet. Wir fanden, daß er verschiedene Bodentypen kennenlernen sollte, aber nachdem er sich ein bißchen in der Welt umgesehen hat, ist er nur um so fester entschlossen, hier zu leben und zu arbeiten. Er war in Massey und hat sein Diplom, dazu ein paar Jahre Erfahrung. Jetzt kommt er zurück, und wir wollen die Farm zwischen uns aufteilen. Jeder kriegt eine Hälfte. Später wird er sich auf seinem Grundstück ein Haus bauen – wenn alles so läuft, wie er es sich wünscht.«

»Dann sitzt er im selben Boot wie ich«, sagte Robert. »Adrian will mir den Start finanzieren – wenn Sie glauben, daß sich aus der Farm was machen läßt.«

»Natürlich läßt sich was draus machen, wenn Sie die Straße nicht stört. Aber mit Ketten kann man's auch im Winter schaffen. Und was ist denn an einem guten Pferd auszusetzen? Aber die Leute sind ja heutzutage ganz verrückt nach Asphaltstraßen. Deshalb ist der ganze Distrikt von Eldado etwas zurückgeblieben. Kaum jemand will sich hier niederlassen. Hier gibt's höchstens Schotterstraßen, und das ist nicht gut für die Reifen. Ich hoffe, Sie werden ›Gipfelkreuz‹ kaufen, und ich bin ganz sicher, daß Sie es nicht bereuen werden.«

Adrian war entzückt über diese Worte und überrascht, als Trent hinzufügte: »Aber es gibt noch einen Nachteil, abgesehen von der Straße, und das sind die Erdbeben, die unser Land so oft heimsuchen. Wenn Sie sich vor Erdbeben fürchten, sollten Sie ›Gipfelkreuz‹ lieber nicht kaufen.«

Christine meinte, das würde ihr nichts ausmachen, und die anderen lachten allein schon über die Idee, daß so etwas Harmloses wie ein kleines Erdbeben sie von ihrem Plan abbringen könnte. »Solange es nicht zuviel Schaden anrichtet...«, fügte Robert vorsichtig hinzu. Trent sagte, manchmal würde sich der Boden etwas senken, aber darüber brauche man sich nicht aufzuregen. Manchmal würde man auch ein Schaf verlieren, das in eine Erdspalte stürze, aber das sei alles. »Wir haben gelernt, mit diesen Erdbeben zu leben. Wenn mein Sohn Craig auch das eine nie vergessen wird, das uns überrumpelte, als wir gerade zwei Traktoren den Hügel hinauffuhren. Als es plötzlich losging, bekam Craig einen Schock. Plötzlich sah er meinen Traktor auf seinen zurasen. Ich hatte nicht rechtzeitig auf die Bremse treten können, und Craig mußte sich ins Gras werfen. Die beiden Traktoren waren danach nicht mehr zu gebrauchen. Das war eins unserer besten Erdbeben, und ich habe dabei was gelernt: Nie den Fuß von der Bremse nehmen, wenn man mit dem Traktor auf einem Hang unterwegs ist.«

Christine lachte. »Das kann ich mir vorstellen. Danke für die Warnung, aber ich bin in Wellington aufgewachsen und an Erdbeben gewöhnt. Ich glaube, sie können nicht viel Schaden anrichten. Man muß nur immer rechtzeitig aus dem

Haus laufen.«

»Ich hätte gern zugeschaut, wie Ihr Traktor auf den Ihres Sohnes zusauste«, sagte Jo. »Das muß ja direkt bösartig ausgesehen haben.«

Trent sah sie zum erstenmal genauer an: ein hübsches Mädchen und, nach ihrem Kleid zu schließen, auch sehr modern und ein bißchen arrogant. Nicht ganz der Typ, der hierherpaßt, dachte er, eher ein Rangimarie-Typ...

»Werden Sie auch hier leben?« fragte er. »Was wollen Sie denn hier machen? Ich habe nicht einmal eine Tochter, die Ihnen Gesellschaft leisten könnte.«

»Schade, aber ich werde schon eine Freundin finden. Wie sind denn die Leute auf der anderen Seite des Dorfes?«

Malcolm Trent lächelte. »Ganz tüchtig, aber sehr exklusiv. Dieser Teil des Landes wird ›Rangimarie‹ genannt, das ist das Maori-Wort für ›Paradies‹. Die Leute in Eldado haben der Gegend den Namen ›Snob-Paradies‹ gegeben. Die Bewohner von Rangimarie leben sehr zurückgezogen. Sie sind alle um ein paar Ecken miteinander verwandt, sind auf dieselbe Schule gegangen und haben im Krieg im selben Regiment gekämpft. Alles Offiziere und Gentlemen, aber was für welche! Ich bin nicht auf die richtige Schule gegangen und war im Krieg nur Sergeant, aber sie sind so nett und sehen darüber hinweg. Anständige Burschen, aber man kommt schwer an sie heran, weil sie sich mit unsereins nicht abgeben wollen.«

»Aber so ein Standesdünkel ist doch längst überholt«, stieß Jo ärgerlich hervor.

Ihre heftige Reaktion überraschte Trent. Vielleicht war sie doch kein Rangimarie-Typ... »Nun ja, die feinen Herrschaften sind eben ein bißchen rückständig.«

»Die jüngeren auch?« fragte Jo interessiert.

»Hm – die meisten Jungen sind weggegangen. Eine Tochter von den Holdens ist noch daheim und ein Sohn von den

Sylvesters auch – Cyril. Er wird in Rangimarie bleiben und das Leben führen, das er von Kindheit an kennt. Die anderen, wie gesagt, haben sich aus dem Staub gemacht. Sie haben studiert, und die meisten sind Ärzte und Anwälte geworden. Die Mädchen haben alle geheiratet, bis auf die arme Beth Holden. Sie lebt in einem geradezu mittelalterlichen Haushalt, in dem die alte Mrs. Holden das Regiment führt.«

»Und wer ist die alte Mrs. Holden?« erkundigte sich Jo neugierig.

»Der Boß, Holdens Mutter. Sie hat eine Menge Geld und noch mehr Würde. Wenn die anderen fünfzig Jahre hinter der Zeit leben, so ist sie um hundert Jahre zurück. Alle haben Angst vor ihr, außer Beth. Sie ist ein nettes Mädchen, und unser Craig will sie heiraten – wenn die Alte nicht dazwischenfunkt. Oh, das ist schon eine seltsame Gesellschaft, und sie kommen einem nicht ein bißchen entgegen, wenn man nicht zu ihrer Kaste gehört.«

»Und ihre Farmen?« fragte Robert, der sich mehr für landwirtschaftliche Probleme als für soziale Konflikte interessierte.

»Alle in Ordnung, weil sie viel Geld haben und eine Menge Arbeitskräfte bezahlen können. Sie wissen, wie's gemacht wird, und haben sich ›Untermenschen‹ geholt, die die Schmutzarbeit für sie erledigen.«

»Seltsam, daß Leute, die soviel Geld haben, in einer solchen Gegend leben...«

»Oh, es gefällt ihnen, großer Fisch im kleinen Teich zu spielen. In einer Stadt würden sie sich niemals wohlfühlen.«

Sie erkundigten sich nach dem Telefon, und Trent sagte ihnen, in der Küche von »Gipfelkreuz« befinde sich ein Teilanschluß, der bis zum Postamt von Eldado reiche, dort könne man sich weiterverbinden lassen. »Ganz nützlich – allerdings muß man bedenken, daß acht Familien an dem Anschluß hängen.«

Sie verabschiedeten sich voneinander, und beide Familien freuten sich auf künftige Kontakte. Dann fuhren die Medways nach Eldado weiter, das etwa sechs Kilometer von Trents Farm entfernt lag und aussah wie Hunderte von anderen Bergdörfern. Es gab einen Laden, eine Tankstelle, ein kleines Verwaltungsgebäude, aber keine Schule und auch kein Hotel. Adrian ging in den Laden und in die Tankstelle, um Bekanntschaft mit den Inhabern zu schließen, und stellte fest, daß man sehr genau über ›Gipfelkreuz‹ Bescheid wußte. Ob der Gentleman – Medway war der Name, nicht wahr? – an einer Geschäftsverbindung interessiert sei? Denn man würde die Waren im Sommer natürlich bis zum Haus liefern, aber im Winter nur bis zur Abzweigung...

»Natürlich werden wir geschäftliche Kontakte aufnehmen. Es war schon immer mein Prinzip, den ortsansässigen Handel zu unterstützen«, erwiderte Adrian und gab sich damit als harter Pionier, der das Leben im Hinterland gewöhnt war. Der Ladenbesitzer musterte ihn respektvoll. Ganz offensichtlich ein zäher alter Knochen...

Sie kamen spät zu Hause an, und alle außer Adrian waren ein bißchen müde. Er war in Hochstimmung, aber wie lange würde das anhalten?

Zur gleichen Zeit saß der Ladenbesitzer von Eldado mit seiner Frau im Wohnzimmer, nach einem langen Arbeitstag. »Medway – Medway...«, sagte Mavis Belton, eine leidenschaftliche Leseratte. »Ein ungewöhnlicher Name. Ob er wohl was mit dem Mann zu tun hat, der diese netten, anständigen Bücher schreibt? Du weißt doch – die Romane, die in so viele Sprachen übersetzt wurden. Was meinst du, Bruce?«

»Ich kann mir nicht denken, daß unser Medway ein Schriftsteller ist. Der Bursche ist Farmer, durch und durch praktisch veranlagt. Der ist ganz bestimmt kein Bücherwurm.«

Adrian hätte sich sehr gefreut, wenn er das gehört hätte, denn es zeigte doch, daß er sich seinem neuen Leben schon erfolgreich angepaßt hatte.

3

Am nächsten Tag sagte Christine: »Nun können wir wenigstens Onkel Josephs Möbel verwenden und brauchen keine Lagergebühren mehr dafür zu bezahlen. Es sind zwar viktorianische Möbel, und sie passen nicht so recht zu einem Farmhaus, aber der viktorianische Stil ist zur Zeit sehr in Mode, und so sind wir immerhin up to date.«

Die Familie war einverstanden, und Adrian, der diese Möbel immer gehaßt hatte, sagte lächelnd: »Wie klug von mir, daß ich damals Wert auf die schönen Sachen gelegt habe.« Daß er dieses Erbe damals als »unerträgliche Last« empfunden hatte, erwähnte er natürlich nicht.

Bald waren die erforderlichen Papiere unterzeichnet, und »Gipfelkreuz« gehörte ihnen. Robert hatte seine Stellung auf der Farm im Süden gekündigt und mit Sam gesprochen, der später einen Job auf »Gipfelkreuz« annehmen sollte. Alle waren schrecklich beschäftigt, und Robert sagte zu seiner Schwester: »Der Umzug würde uns viel weniger Mühe machen, wenn sich Adrian aus allem raushielte.«

»Genau. Er macht soviel Wirbel und zerbricht alles, was er anfaßt. Aber wie können wir ihn denn loswerden?«

Als Christine zu Rate gezogen wurde, war auch sie der Meinung, daß Adrian keine Hilfe beim Umzug sei, aber man könne ihm natürlich nicht sagen, daß er nur im Weg stehe. »Er freut sich doch so.«

»Ich frage mich nur, ob es wirklich eine gute Idee ist, mit Adrian aufs Land zu ziehen«, sagte ihre Tochter seufzend. »Er ist doch so abhängig von seinen Mitmenschen. Er verflucht sie zwar, wenn sie ihn stören, aber dann unterhält er sich stundenlang mit ihnen. Und wenn sie was ganz Triviales sagen, leuchten seine Augen plötzlich auf, er läuft aus dem Zimmer, und Sekunden später hört man die Schreibmaschine klappern. Die Leute haben ihn immer inspiriert. Das wird er sehr vermissen.«

»Wahrscheinlich, aber er wird auch auf dem Land Leute finden. Er ist nun einmal entschlossen, es zu versuchen, aber nur für ein Jahr. Das habe ich ihm klargemacht. Danach gehe ich in die Stadt zurück.«

»Wie schön für dich! Und ich?«

»Möchtest du nicht irgendeinen Job annehmen? Du brauchst dich nicht dazu verpflichtet fühlen, dich mit deinen Eltern auf dem Land zu vergraben.«

»Erst einmal komme ich mit. Es ist immerhin eine Abwechslung, und ich kann mir in ›Gipfelkreuz‹ in Ruhe überlegen, wie ich Karriere machen werde.«

»Du kannst wirklich froh sein, daß dein Vater ein so erfolgreicher Schriftsteller ist, sonst müßtest du dir ein bißchen eher Gedanken über deine Karriere machen. Daß du dir deinen Lebensstil leisten kannst, den Ponyklub und die vielen neuen Kleider, hast du nur Adrian zu verdanken. Es macht ihm nicht unbedingt Spaß, diese seichte Unterhaltungsliteratur zu fabrizieren. Er würde gern etwas Ernstes schreiben, einen anspruchsvollen Roman, der wahrscheinlich weniger Erfolg brächte. Und deshalb verzichtet er – seiner Familie zuliebe.«

»So habe ich das noch gar nicht gesehen.«

»Dann wird es aber Zeit. Adrian hat den Journalismus immer gehaßt, und als er seinen Vater beerbte, hatten wir genug Geld zum Leben, und er konnte den Job bei der Zeitung aufgeben. Nur so zum Spaß schrieb er zwei leichte Romane, die sofort einschlugen. Und so sah er sich zu diesem Stil verurteilt und blieb dabei. Adrian mag dir vielleicht manchmal selbstsüchtig erscheinen, aber in Wirklichkeit bringt er seiner Familie große Opfer.«

Jo runzelte die Stirn. Sie hatte ihren Vater immer geliebt, aber mit einer gewissen Herablassung. All das, was Christine jetzt gesagt hatte, war ihr noch nie so richtig zu Bewußtsein gekommen. Aber das änderte nichts daran, daß Adrian beim Umzug überall im Weg stehen würde. »Wenn er nur einen kleinen Virus einfangen würde... Nichts Schlimmes, nur daß er für eine Weile Ruhe gibt...«

Ihr Wunsch wurde erfüllt. Adrian bekam zwar keine Grippe, aber einen Brief von seinem Verleger, der ihm mitteilte, die Herstellung habe festgestellt, daß sein neues Buch um fünftausend Anschläge zu lang sei. Sollte man das Manuskript im Lektorat kürzen, oder würde er das gern selbst machen? Er habe doch seinen Durchschlag...

Adrian kochte vor Wut. Wenn er ein Manuskript nach England geschickt hatte, pflegte er es für immer aus seinen Gedanken zu entlassen. »Ein Durchschlag! Den finde ich natürlich nie mehr! Und jetzt wird irgend so ein naseweiser Jüngling vom Lektorat in meinem Werk herumpfuschen.«

»Ich habe den Durchschlag aufgehoben, mein Lieber«, sagte Christine besänftigend. »Du kannst dich gleich an die Arbeit machen.« Etwas später meinte sie zu Jo und Robert: »Damit kann er sich während des Umzugs beschäftigen. Was für ein Segen!«

Adrian war noch immer wütend. »Ich werde ihnen telegrafieren, sie sollen das Buch so rausbringen, wie es ist, oder mir den Buckel runterrutschen. Sie werden es nicht wagen, mit mir zu streiten.«

Christine wußte, daß Verleger das durchaus konnten und sogar mit Autoren stritten, die viel bedeutender waren als

Adrian. »Wir können uns den Durchschlag ja morgen mal ansehen, während Jo und Robert die erste Ladung auf die Farm schaffen«, schlug sie vor.

Schließlich gab Adrian klein bei, und alles verlief glatt. Jo und Robert fuhren auf die Farm, putzten, fegten und schrubbten einen Tag lang, und am nächsten Morgen trafen Onkel Josephs Möbel ein. Adrian saß zu Hause, getröstet von Jos Abschiedsworten: »Vergiß uns, mein Lieber. Dein Buch ist viel wichtiger.«

Und Robert hatte gesagt: »Wir machen die grobe Arbeit, und du und Christine, ihr könnt unserem Werk dann die Glanzlichter aufsetzen. Beeil dich mit dem Buch, dein Verleger wartet darauf!«

Als er den beiden von der Veranda aus nachwinkte, sagte Adrian: »Was für gute Kinder! Ich wünschte, daß wenigstens eins von den beiden meinen Geist geerbt hätte. Aber sie haben eben nur ihren gesunden Menschenverstand.«

»Immerhin wissen sie, wie wichtig deine Bücher sind, denn was würden wir ohne deine Erfolge machen?« Christine dirigierte ihn zu dem Tisch, auf dem der Durchschlag lag. Liebevoll blickte sie dann auf seinen gebeugten Kopf. Er war ihr drittes Kind, und sie liebte ihn genauso wegen seiner Hilflosigkeit wie um seiner sonstigen Qualitäten willen. »Lieber Gott, laß ihn vor mir sterben«, betete sie immer wieder, »denn er wäre verloren ohne mich.«

Er ging sehr gründlich vor bei seiner Arbeit. Wenn er auch sonst seine Papiere durcheinanderbrachte und seine Kugelschreiber verlegte – wenn es um seine Romane ging, gestattete er sich keine Schlamperei. Er ging die Arbeit streng methodisch an, strich hier ein paar Wörter, dort einen Absatz, und Christine fungierte als seine Sekretärin, notierte jede Seite, jede Zeile, wo er Kürzungen vorgenommen hatte.

Nach ein paar Tagen traf das erwartete Telegramm von Robert ein – »Alles okay«. Die Arbeit an dem Manuskript war beendet, und Christine brachte das Paket zur Post. Während Adrian seine Kleider aufs Bett legte, mit der vagen Vorstellung, sie in einen Koffer zu packen, warf er seiner Frau immer wieder skeptische Blicke zu. »Ich frage mich so oft, ob es dir gegenüber auch fair ist.«

Sie versicherte ihm, sie betrachte es als aufregendes Abenteuer, und vielleicht seien sie wirklich ein bißchen eingerostet, weil sie so viele Jahre an ein und demselben Ort verbracht hatten. Wenn sie nach einem Jahr zurückkehrten, würden sie sich frisch und munter und viel jünger fühlen. Sie betonte immer wieder, daß es sich nur um ein Jahr handelte, auch wenn sie sich sagte, daß das vermutlich überflüssig sei. Adrian würde das Landleben schon viel früher satt haben. Trotzdem – sie würde ihn regelmäßig daran erinnern.

Insgeheim hatte sie sich vor einem Sommergewitter gefürchtet, das die Lehmstraße unpassierbar machen würde. Aber am Morgen ihrer Abreise schien die Sonne, und es regte sich kein Lüftchen. John Fletcher, der Dozent, der das Haus mieten würde, sollte am nächsten Tag eintreffen. Sie hatten den Schlüssel seiner Schwester übergeben. Christine warf einen letzten Blick auf ihr Heim, wie es heiter und einladend in dem schönen Garten stand, das Ergebnis zwanzigjähriger Liebe und Pflege. Aber sie zeigte nicht, wie ihr zumute war, und es war Adrian, der seufzend den Motor startete und leise sagte: »Unser Heim... Wie glücklich waren wir in diesem Haus... Und nun verlassen wir es...«

»Nur für ein Jahr. Unser Haus wird auf uns warten.«

Am frühen Nachmittag trafen sie auf »Gipfelkreuz« ein, und Jo kam ihnen entgegen, begleitet von einem riesigen Tier. »Sie hat schon ein Lieblingskalb«, sagte Adrian glückstrahlend. »Siehst du, wie schnell sie sich an ihr neues Leben gewöhnt hat.«

»Ich glaube nicht, daß das ein Kalb ist«, sagte Christine langsam. »Das ist vermutlich der Hund, den du ihr versprochen hast. Eine junge Dogge.«

»Großer Gott!« rief Adrian. »Aber ich habe ihr doch nicht so ein Riesenvieh versprochen! Ich dachte an einen Pekinesen oder schlimmstenfalls an einen Spaniel.«

»Du hast dich nicht klar ausgedrückt«, erwiderte seine Frau resignierend, »und das da ist ein Hund, daran gibt's nichts zu rütteln.«

»Wie schön, daß ihr da seid!« rief das Mädchen. »Ist mein Hund nicht süß? Es ist so lieb von dir, daß du ihn mir schenkst, Adrian. Ich habe ihn sehr gern. Er frißt schrecklich viel, aber das bezahle ich von meinem Taschengeld.«

»Aber er ist ja groß wie ein Ochse.«

»Ich weiß, und er wird noch wachsen. Das macht dir doch nichts aus, Daddy?«

Wenn sie ihn Daddy nannte, konnte er niemals widerstehen. »Natürlich nicht. Aber wo hast du ihn denn so schnell gefunden?«

»In Avesville. Das ist die nächste Stadt. Ich habe ihn durch eine Annonce bekommen. Sein Besitzer wandert nach Europa aus. Oh, so sagt doch endlich, daß er euch gefällt!«

»Natürlich gefällt er uns«, sagte Christine mit einem schwachen Lächeln, und Adrian meinte: »Ich habe noch nie einen Roman geschrieben, in dem eine Dogge vorkommt. Und was das Futter betrifft – wozu habe ich mich jahrelang von meinem Verleger versklaven lassen, wenn ich es mir jetzt nicht einmal leisten könnte, eine Dogge zu ernähren?«

Und Adrian nahm schwungvoll zwei Koffer und marschierte den Hang hinauf.

Das Haus war kaum wiederzuerkennen. Jo und Robert hatten hart gearbeitet, und Onkel Josephs Möbel waren hübsch auf alle Räume verteilt, bis auf ein paar unmögliche Stücke, die in einen Schuppen gewandert waren. Natürlich paßten die viktorianischen Möbel nicht so recht in das Haus, aber das hatten sie ja vorher gewußt. Der Mahagonitisch beherrschte die Küche, und ein paar Ölgemälde schmückten das Wohnzimmer. »Eines heißt ›Der Liebesbrief‹ und eins ›Der Abschied‹«, erklärte Jo. »Die drücken richtig auf die Tränendrüsen, und deshalb haben wir sie ins Klo gehängt. Sonst kriegen die Ratten im Lagerschuppen Verdauungsbeschwerden.«

»Wo ist denn Robert?« fragte Adrian, und Jo erwiderte, ihr Bruder habe schon ein paar Schafe gekauft und müsse jetzt den Weidezaun ausbessern.

Sie hat sich schon verändert, dachte Christine. Die städtische Arroganz ist verschwunden, sie benimmt sich ganz natürlich und spontan, seit sie etwas hat, »woran sie sich die Zähne ausbeißen kann«, wie ihr Vater es einmal so treffend ausgedrückt hatte.

»Ich glaube, sie wird es ein Jahr lang aushalten«, sagte Jos Mutter hoffnungsvoll, »und dann eine Stellung antreten. Mit Hilfe dieses lächerlichen Hundes und eines Pferdes. Ich bete nur zu Gott, daß sie sich keinen Riesenhengst anschafft.«

Doch es sollte ein sehr nettes Pferd werden, und das war Malcolm Trent zu verdanken, der ein paar Tage später anrief und sich erkundigte, wie man sich denn eingelebt hätte. Er sagte, er hätte ein Pferd, das gut zu Jo passen würde. »Kein Vollblut, aber gerade das Richtige für die Gegend hier. Es hat einem Schafhirten gehört, der für Mr. Holden gearbeitet hat. Nun hat er die Kündigung gekriegt oder ist von selbst gegangen, es gibt da die widersprüchlichsten Gerüchte. Jedenfalls hat er mich gebeten, das Pferd für ihn zu verkaufen. Sie können es sich ja mal ansehen.«

Sie fuhren alle auf Trents Farm, Jo in Reithosen und mit einem Sattel bewaffnet, und dann ritt sie triumphierend heim, keuchend, aber begeistert verfolgt von Sheikh, der Dogge. Rajah, der Hengst, schloß schnell Freundschaft mit dem Hund und entschloß sich zu einem gemächlichen Trab, so daß Sheikh nicht allzusehr aus der Puste kam.

»Nun hast du einen Hund und ein Pferd – zumindest für ein Jahr«, sagte Christine.

»Aber ich nehme natürlich beide mit, wenn ich in die Stadt zurückgehe, Christine«, erklärte Jo. »Adrian wird mir einen Platz in einem hübschen Reitstall bezahlen, und Sheikh wird sich auch in unserem Haus wohlfühlen.«

»Dein Vater wird sicher mit allem einverstanden sein, vor allem, wenn du ihn wieder ›Daddy‹ nennst. Aber bis dahin sieh zu, daß du das Beste aus diesem Jahr machst.«

Jo brauchte dazu nicht erst ermutigt zu werden, denn plötzlich interessierte sie sich für alles – für die Farm, für die Tiere, die Robert kaufte, und hauptsächlich für Rajah und Sheikh. Sie schien ihre vielen Freunde und ihr hektisches Leben nicht zu vermissen, auch nicht die Partys und ihre zahlreichen Verehrer. Wie lange würde die Begeisterung anhalten? Es war gut, daß sich ihre Einstellung Adrian gegenüber etwas geändert hatte, seit Christine ihr klargemacht hatte, welche Opfer der Vater brachte, um ihnen allen ein angenehmes Leben zu ermöglichen. Sie sah nun tolerant über seine egozentrischen Anwandlungen hinweg, verstand auch, daß er Ruhe brauchte, wenn er arbeiten wollte. Es fiel ihr um so leichter, seine Wünsche zu respektieren, da sie meist mit Robert auf den Feldern war oder auf der stillen Straße nach Eldado ritt, mit dessen wenigen Bewohnern sie Freundschaft geschlossen hatte. Die Männer fanden sie »bildschön«, und die Frauen meinten, daß sie »kein bißchen hochnäsig« sei.

Aber es war Adrian, der in gesellschaftlicher Hinsicht einen ernsthaften Vorstoß wagte. Er fragte Malcolm Trent nach den beiden alten Männern aus, die in der primitiven Hütte bei der Abzweigung lebten. »Sie heißen Mark und Luke«, erwiderte Trent. »Sie haben keinen Kontakt mit der hiesigen Bevölkerung, und sie wollen auch keinen.« Doch

Adrian ließ sich dadurch nicht einschüchtern. Eines Morgens erklärte er, daß er seinen nächsten Nachbarn die Hand zur Freundschaft reichen wolle.

»Wahrscheinlich werden sie die Hand ausschlagen«, meinte seine Tochter. »Wir haben die beiden schon gesehen. Als wir erst ein paar Tage hier waren, entdeckten wir zwei unheimliche kleine Gestalten, die ums Haus schlichen und durch die Fenster spähten. Wir errieten, wer die beiden waren, und so ging ich hinaus und lud sie zum Tee ein. Sie gaben keine Antwort, sondern verschwanden im Gebüsch wie zwei verängstigte Hasen. Das war alles, was wir von ihnen gesehen haben, aber es hat uns genügt. Sie sind verrückt und furchtbar schmutzig.«

»Vielleicht inspirieren sie mich zu einem neuen Roman«, sagte Adrian nachdenklich. Mit einem Kuchen und einem Topf voller Suppe bewaffnet, machte er sich auf den Weg. Die Hütte war schrecklich vernachlässigt und starrte vor Schmutz. Niemand rührte sich, als er an die Tür klopfte, aber er klopfte beharrlich weiter. Nach einer Weile erschien ein zerzauster kleiner Kopf im Türspalt. Adrian hielt den Kuchen und den Suppentopf hoch und sagte mit dem Lächeln, das ihm schon so viele Freunde gewonnen hatte: »Ich bin Ihr neuer Nachbar und wollte mich mal vorstellen.«

Die Tür öffnete sich weit genug, so daß eine Hand hervorschnellen und nach den Geschenken grapschen konnte, aber Adrian stellte einen Fuß in den Türspalt und erzwang sich mehr oder weniger seinen Eintritt. Er bahnte sich einen Weg zwischen einer Masse von Tieren, Töpfen und Brennholz hindurch, bis zu einem riesigen Herd, in dem ein winziges Feuer brannte. Der Schornstein bestand aus Eisenblech. Trent hatte Adrian erzählt, daß dieses Feuer nie ausgehen dürfe. Der Raum war unbeschreiblich schmutzig. Vor dem Feuer schlief ein alter Hund, ein paar Katzen streiften umher, in jeder Ecke lagen Kleidungsstücke. Die beiden Männer sahen wie Gnome aus, waren kaum voneinander zu unterscheiden und sagten kein Wort. Adrian bemühte sich, die Katze zu ignorieren, die auf den Tisch gesprungen war und Christines ausgezeichnete Suppe verschlang, auch den alten Hund, der sich nun erhob und nach dem Kuchen schnappte.

Die Hütte bestand aus zwei Räumen; durch eine offene Tür konnte Adrian zwei zerwühlte Betten sehen, neben denen schwarze Decken auf dem Boden lagen. Auf dem Fenstersims stand ein relativ hübscher Hahn. Zwei weitere Katzen tauchten aus dem Nebenzimmer auf, und Adrian hörte sich idiotischerweise sagen: »Wie ich sehe, sind Sie Katzenfreunde.« Immerhin wurde er mit einem Kopfnicken des jüngeren Gnoms belohnt.

Danach schlief die Konversation ein, bis Adrian zu seinem Entsetzen etwas von »Aufbrühen« hörte und das ganz richtig als eine Einladung auffaßte, aus einem unbeschreiblichen Blechbecher Tee zu trinken. Er sagte rasch, daß er zum Lunch nach Hause müsse und nur vorbeigekommen sei, um mit den beiden Herren Bekanntschaft zu machen. »Schauen Sie doch auch mal bei uns herein«, sagte er mit seinem charmantesten Lächeln, als er schon an der Tür war. Dann rannte er hinaus, verfolgt vom Knurren des alten Hundes, der sich vergeblich bemüht hatte, den Kuchen zu erreichen. Zu seiner Überraschung rief ihm der ältere Gnom noch nach: »Danke für das Essen!« Wenigstens hatte er vier ganze Wörter gesprochen, wie Adrian später stolz betonte. Er schob sich durch das halb zerbrochene Gatter, stieg in sein schönes Auto, fuhr davon und sagte sich, daß dies der einzige gesellschaftliche Mißerfolg seines bisherigen Lebens gewesen sei.

»Keineswegs«, meinte Malcolm Trent, als Adrian ihm die Geschichte erzählte. »Sie haben den beiden immerhin ein paar Worte entlockt. Das hat keiner von uns geschafft.«

»Wie leben die zwei denn? Sie haben kein Telefon. Wie bekommen sie denn ihre Lebensmittel?«

»Sie würden nichts im Dorf bestellen, auch wenn sie ein Telefon hätten. Sie haben Angst, die Leute könnten zuviel über ihre Lebensumstände herausfinden. Sie leben von ihrer Pension und den Eiern der zehn Hennen, die ums Haus herumlaufen. Einmal im Monat gehen sie miteinander zur Hauptstraße, wenn das Postauto kommt, und übergeben dem Postboten schweigend eine Liste und ein bißchen Geld. Am nächsten Tag kommen sie wieder, holen ihre Sachen ab und bezahlen für die Lieferung. Sie unternehmen immer alles zusammen, weil einer dem anderen nicht über den Weg traut. Deshalb lassen sie einander nie aus den Augen.«

»Reden sie denn wenigstens miteinander?«

»Es gibt ein Gerücht, daß sie spätabends, wenn sie sicher sein können, daß niemand mehr vorbeikommt, ein paar Worte miteinander wechseln. Das hat ein Mann behauptet, der einmal nachts in der Nähe ihrer Hütte Opossums gejagt hat. Aber Sie sind jedenfalls der einzige, zu dem sie was gesagt haben.«

»Das lag wohl eher an Christines Kuchen als an meinem Charme. Die Hütte ist schrecklich schmutzig. Ein Wunder, daß sie nicht schon längst an den vielen Bazillen gestorben sind.«

»Mit der Zeit wird man gegen Bazillen immun.«

Malcolm Trent und Adrian wurden die besten Freunde, und Christine verstand sich sehr gut mit Caroline Trent. Der Sohn Craig kam bald nachdem die Medways »Gipfelkreuz« übernommen hatten nach Hause und erwies sich als ebenso sympathisch wie seine Eltern. Nur Jo jammerte, weil Craig schon »vergeben« war. »Noch dazu hat ihn die Tochter dieses Snobs eingefangen«, fügte sie verächtlich hinzu. Sie hatte inzwischen schon eine Menge über Rangimarie und seine Bewohner gehört, denn die Leute in Eldado geizten nicht mit Informationen, und Jo war ebenso erbost über den altmodischen Snobismus dieser arroganten Gesellschaft wie ihre neuen Freunde.

»Du hast Glück, daß deine Farm so groß ist«, sagte Adrian zu Trent. »Sonst könntest du nicht eine Hälfte an deinen Sohn abgeben.«

»Ja, das ist wirklich ein Glück. Wenn er heiratet, kann er sich auf seiner Hälfte ein Haus bauen.«

»Magst du das Mädchen? Jo behauptet, daß Holden ein gräßlicher Snob sei.«

Trent lachte gutmütig. »Nun ja, der alte Holden ist nicht gerade demokratisch gesinnt, aber dafür kann Beth schließlich nichts. Wir mögen sie sehr gern. Sie ist ein nettes Mädchen, kein bißchen hochnäsig, ganz anders als ihre Familie.«

Später erfuhren die Medways, wie die Liebesgeschichte zwischen dem fünfundzwanzigjährigen Craig und der neunzehnjährigen Beth begonnen hatte. Sie hatten sich im dörflichen Laden kennengelernt, und nach drei Begegnungen waren sie ineinander verliebt. Die Verlobung war nicht offiziell, und die Holdens waren strikt dagegen. Eine Heirat ohne den Segen der Familie war fast undenkbar, aber Beth hatte ihren eigenen Willen. Sobald das Haus gebaut war – der Grundstein war bereits gelegt –, würde das Paar heiraten, so oder so. Inzwischen sahen sie sich nur selten, konnten sich nur heimlich treffen, und darüber waren sie beide unglücklich. Craig hatte die Holdens noch nie besucht, und sie hatten ihm auch zu verstehen gegeben, daß er in ihrem Haus nicht willkommen sei. »Wir haben uns nie mit den ortsansässigen Farmern abgegeben«, sollte James Holden gesagt haben. »Und wir werden das auch jetzt nicht tun. Beth wird über diese lächerliche Liebe hinwegkommen.«

»Sie ist doch alt genug«, meinte Jo. »Warum verläßt sie ihr Elternhaus nicht und verdient sich irgendwo ihr Geld, bis sie Craig heiraten kann?« Sie vergaß, daß sie selbst noch nie ihren Lebensunterhalt verdient hatte, obwohl man ihr diesbezüglich keine Steine in den Weg gelegt, sondern sie eher ermutigt hatte.

»Das ist nicht so einfach«, sagte Trent. »Sie hat nichts gelernt und war in den zwei Jahren, seit sie die Grundschule verlassen hat, zu Hause. Ihr Vater hat erklärt: ›Kein Mädchen aus unserer Familie hat sich jemals selbst ernährt.‹ «

»Das ist ja wie in der ›Forsyte-Saga‹. Wieso sind diese Leute so geworden?«

»Keine Ahnung. Natürlich sind die drei Familien, die Holdens, die Severnes und die Sylvesters, miteinander verwandt. Sie haben denselben Hintergrund, also viel Geld. Holdens Mutter lebt bei ihrer Familie und beherrscht den ganzen Haushalt. Die Leute behaupten, sie sei gar nicht so übel. Diese drei Familien sind jedenfalls eine Kolonie für sich und geben sich nicht mit gewöhnlichen Leuten wie unsereins ab.«

»Aber jedes Mädchen müßte doch stolz sein, wenn es in Ihre Familie einheiraten dürfte.«

»Darüber denken die Leute in Rangimarie anders. Craig und ich sind auf die falschen Schulen gegangen – nicht auf Privat-, sondern auf Gemeindeschulen. Alles sehr gewöhnlich, wie Mrs. Holden zweifellos sagen würde.«

»Ich würde die Familie gern kennenlernen, aber unser Vater ist nur Schriftsteller – und nicht mal ein hochgestochener.«

»Sie könnten trotzdem Gnade vor den Augen der Holdens finden. Übrigens, Craig ist hinübergefahren, um Robert beim Zaun zu helfen. Sie gehen sich gegenseitig zur Hand. Ich freue mich, daß sie Freundschaft geschlossen haben.«

Der Alltag war auf »Gipfelkreuz« eingekehrt. Adrian war eine Zeitlang ziellos durch das Haus gestreift und hatte nach einer Periode der Unentschlossenheit versucht, Robert auf der Farm zu helfen, mit katastrophalen Ergebnissen. Schließlich hatte er sich an die Schreibmaschine gesetzt, um einen weiteren seiner Romane zu produzieren – »leichte Unterhaltungslektüre, genau das Richtige für die Ferien«.

Robert stand immer sehr früh auf, da er viel zu tun hatte. Jo half Christine bei der Hausarbeit, wobei sie sich sehr geschickt anstellte und zur Überraschung ihrer Mutter kein einziges Mal jammerte. Danach ging sie meist mit Sheikh auf die Farm, wo ihre Mithilfe wirksamer war als die Adrians, oder sie erforschte auf Rajahs Rücken die Umgebung. Christine blieb zu Hause, legte einen kleinen Garten an und versorgte Adrian in regelmäßigen Abständen mit Tee oder Kaffee.

Bald hatte Jo mit allen Bewohnern von Eldado Freundschaft geschlossen und redete sie beim Vornamen an. Vor allem mit zwei jungen Paaren verstand sie sich sehr gut. Bruce und Mavis Belton besaßen den kleinen Laden, dem das Postamt angeschlossen war, und die Tankstelle mit angegliederter Autowerkstatt gehörte Ted Jackson und seiner Frau Maureen. »Sie ist okay«, sagte Ted. »Zuerst dachte ich, sie ist ein bißchen hochnäsig, als ich sie mit ihrem Pferd und ihrem Hund und ihren Reitstiefeln sah. Aber sie ist genau unser Typ.«

»Sie sieht ein bißchen hochmütig aus, weil sie so schön ist«, meinte seine Frau. »Aber ich finde sie sehr nett.«

Und so war Jo in Gnaden aufgenommen und oft zum Tee bei den Jacksons eingeladen. Natürlich drehte sich das Gespräch oft um Rangimarie, das »Snob-Paradies«, wie es die Leute von Eldado nannten. Sie waren viel toleranter als Jo und erklärten, diese Snobs würden sich eben so benehmen, weil sie gar nicht anders könnten.

»Zuerst dachten wir, du wärst auch so«, sagten sie lachend. Und dann erzählten sie, einer der jungen Männer aus Rangimarie sei wirklich nett, und zwar Lester Severne. »Er hat früher immer mit unseren Jungs Fußball gespielt, obwohl das seiner Familie ganz und gar nicht paßte. Aber Lester tat immer, was er wollte. Er ist einer von uns.«

»Und wo ist dieses Wunderwesen jetzt?« fragte Jo hoffnungsvoll.

»Er ist weggegangen, wie die meisten jungen Leute. Er ging auf irgendeine landwirtschaftliche Hochschule und nahm dann irgendwo einen Job an. Als er genug gespart hatte, machte er eine Weltreise. Von seiner Familie wollte er kein Geld annehmen, und so entschied er sich für die billigste Reiseroute. Er muß jetzt bald zurückkommen.«

»Wird er sich auf dem Familiensitz niederlassen?«

»Bestimmt nicht. Er hat ein bißchen Geld geerbt, als er fünfundzwanzig wurde, und wird sich jetzt eine eigene Farm kaufen – weit weg von Rangimarie.«

Jo war ein bißchen enttäuscht. Sie hätte diesen jungen Abtrünnigen gern kennengelernt. Doch dazu würde sie wohl kaum Gelegenheit haben. Die Leute von Eldado nahmen an, daß er seinen Eltern nur einen kurzen Pflichtbesuch abstatten und sich dann nach einer Farm umsehen werde.

4

Ich hätte gern einen Job, damit ich nicht dauernd in deinem Schatten stehen muß«, sagte Jo zu ihrem Vater.

Adrian blinzelte verwirrt.

»Sie sind ganz hingerissen, weil nun ein berühmter Autor in ihrer Nähe lebt«, fuhr Jo fort. »Mavis Belton hat alle deine

Bücher und will dich bitten, Widmungen hineinzuschreiben. Aber sie traut sich nicht.«

Adrian konnte seine tiefe Befriedigung nicht ganz verbergen. »Hoffentlich hast du ihr gesagt, daß ich das gern tun würde.«

»Natürlich. Ich habe gesagt, du würdest nichts lieber tun.«

Er war an ihren Spott gewöhnt, und so ging er nicht darauf ein. »Hoffentlich will sie nicht mit mir über die verdammten Bücher reden.« Das war ehrlich gemeint, denn er haßte es, mit seiner Leserschaft über seine Romane zu diskutieren, da er überzeugt war, daß die meisten Lobeshymnen nicht aufrichtig gemeint waren.

»Nun, ich habe den Beltons von deiner außergewöhnlichen Bescheidenheit erzählt und ihnen versichert, daß sie nicht vor dir auf die Knie sinken müssen, und nun wollen sie dich näher kennenlernen. Natürlich hat vor allem Robert den Weg geebnet. Sie mögen ihn sehr gern und nennen ihn Bob.«

»Und was halten sie von dir?« fragte Christine mit mildem Interesse.

»Wir kommen gut miteinander aus, obwohl sie es altmodisch finden, daß ich soviel reite. Sie wissen nicht, daß Reiten in der Stadt ›in‹ ist und daß ich schon seit meinem zehnten Lebensjahr im Ponyklub bin. Und jetzt werde ich das ›Snob-Paradies‹ erforschen.«

Und so ritt sie an einem schönen Herbsttag los, begleitet von Sheikh. Nachdem sie eine Tasse Tee bei Maureen Jackson getrunken hatte, lenkte sie Rajah nach Rangimarie. Sie bewunderte die gepflegten Weideflächen, die massiven Zäune, und bald tauchte ein großes altes Haus vor ihr auf, das gut in diese schöne Landschaft paßte. Am Gartentor sah sie einen älteren Mann stehen, der ziemlich verloren aussah. Das war ihre Chance. Sie zügelte ihr Pferd und fragte ihn, ob etwas nicht in Ordnung sei. Er lüftete den Hut und erwiderte kühl, daß er auf einen Freund warte. »Mein Auto streikt. Aber Mr. Sylvester muß jeden Augenblick vorbeikommen.«

»Warum rufen Sie denn nicht die Werkstatt in Eldado an?« fragte Jo.

Offenbar hatte ihn nicht nur sein Auto, sondern auch die Telefonleitung im Stich gelassen. »Diese verdammten Teilanschlüsse funktionieren ja nie.«

»Aber sie sind doch so lustig, weil man immer die Gespräche der Nachbarn mithören kann.« Er warf ihr einen mißbilligenden Blick zu, und sie wechselte hastig das Thema. »Übrigens, ich bin Jo Medway. Meine Familie hat die Farm ›Gipfelkreuz‹ übernommen. Sind Sie einer von den Farmern in Rangimarie?«

»Ich besitze hier einige Ländereien.« Seine Stimme klang sehr kalt.

»Ich mache Ihnen einen Vorschlag. Ich reite zurück nach Eldado und sage Ted Jackson, er soll Ihren Wagen abschleppen lassen. Und Mavis Belton werde ich sagen, sie soll die Telefongesellschaft anrufen, damit Ihre Leitung in Ordnung gebracht wird.«

Doch er entgegnete würdevoll, sie solle sich nicht bemühen, Mr. Sylvester werde ohnehin gleich vorbeikommen. Jo zuckte mit den Schultern, nickte ihm kurz zu, schwang Rajah herum und ritt zurück. In Eldado erstattete sie Ted Bericht, dann machte sie sich auf den Heimweg.

»Ted hat sich sofort auf den Weg gemacht«, erzählte sie ihrer Mutter. »Kaum hatte ich ihm Bescheid gesagt, saß er auch schon in seinem Lieferwagen und brauste davon. Offenbar liegt die ganze Gemeinde auf dem Bauch vor Mr. Holden, obwohl sie sich so über seinen Snobismus aufregen.«

»Wahrscheinlich ist er ein guter Kunde, und sie wollen es

sich nicht mit ihm verderben«, meinte Christine.

Ungefähr um die gleiche Zeit sprach James Holden mit seiner Familie, die aus seiner Mutter, seiner Frau und seiner Tochter bestand. »So, das war also die Tochter dieses Schriftstellers. Sie sieht nicht einmal so vulgär aus, obwohl sie einen furchtbaren Slang spricht.«

»Aber es war doch sehr nett von ihr, daß sie Jackson verständigt hat«, meinte seine Frau Cynthia. Sie war hübsch und auch liebenswürdig, aber zu schwach, um sich gegen die Überheblichkeit ihres Mannes und seiner Mutter aufzulehnen.

»Sicher, das war nett von dem Mädchen«, sagte die alte Dame. »Heutzutage reden sie alle frei von der Leber weg. Ich finde, wir sollten den Leuten einen Besuch abstatten, James. Ich habe zwei Bücher von diesem Medway gelesen, anständige, saubere Romane, was man heutzutage ja selten findet. Ja, wir sollten sie einmal besuchen, aber weiter brauchen wir nicht zu gehen.«

Natürlich diskutierte man auch mit den anderen Bewohnern in Rangimarie darüber, mit den Severnes und den Sylvesters. Schließlich gelangte man zu der Ansicht, wenn die Holdens die Medways gesellschaftlich anerkannten, müsse man ihrem Beispiel folgen. Und so rief Cynthia Holden in »Gipfelkreuz« an und fragte, ob ihr Besuch genehm sei. Natürlich bejahte Christine diese Frage und war ein bißchen belustigt. Sie hatte sich nie große Gedanken um ihre Gäste gemacht und war stets der Meinung gewesen, wem es nicht bei den Medways gefalle, der brauche ja nicht wiederzukommen. Aber dann war sie doch ziemlich beeindruckt, als ein großer alter Rolls vor ihrer Tür hielt, nachdem er ächzend den Hang heraufgekrochen war, den die Medways immer zu Fuß bewältigten. Aber die alte Mrs. Holden konnte natürlich nicht mehr bergauf gehen.

Nun stieg sie aus dem Wagen, die imposanteste Gestalt,

die Christine je gesehen hatte. Sie mußte schon über achtzig sein, aber sie hielt sich so steif wie ein Ladestock, wenn sie sich auch leicht auf ihren Stock stützte. Eine königliche Erscheinung, fand Christine. Sie lief hinaus, um ihre Gäste zu begrüßen. James Holden sah, wie Jo gesagt hatte, recht gut aus und wirkte so pompös wie ein Feudalherr aus dem vergangenen Jahrhundert. Seine Frau war hübsch, aber blaß, und ihre Schönheit wurde von der ihrer Tochter eindeutig überstrahlt. Elizabeth war zierlich, blond und blauäugig, und ihre nach unten gezogenen Mundwinkel verrieten Unzufriedenheit. Sofort dachte Christine an die unglückliche Liebesaffäre mit Craig Trent und fühlte Mitleid in sich aufsteigen.

James Holden fühlte sich ziemlich unbehaglich, als er das Haus eines Farmers betrat, eines Mannes, der einen so billigen, kleinen Besitz erworben hatte. »Ich war vorher noch nie hier«, sagte er, und Christine hatte das Gefühl, sie müßte ihm danken, weil er sich nun dazu herabließ, ihre schäbige Hütte zu betreten. Doch statt dessen wandte sie ihre Aufmerksamkeit der alten Dame zu, die anerkennend die viktorianischen Möbel musterte. »Ein reizendes Wohnzimmer«, sagte sie, und ihre Gastgeberin wünschte, sie könnte auch so empfinden.

Die Konversation hätte sich vermutlich mühsam dahingeschleppt, wäre Adrian nicht hereingekommen und hätte Bonhomie und Charme verströmt. Christine hatte ihn dazu überredet, seinen schäbigen Blazer abzulegen und sich ordentlich anzuziehen. Seine Freude über die neue Bekanntschaft war offensichtlich und entwaffnend. Die alte Mrs. Holden taute sofort auf, als er sich neben sie setzte. »Natürlich kann ich nicht mit Ihnen über Ihre Bücher diskutieren, weil ich nur zwei gelesen habe«, sagte sie. »Aber sie haben mir sehr gut gefallen.«

»Das freut mich, aber reden wir doch nicht von diesem

langweiligen Zeug.«

»Ein Schriftsteller, der nicht über seine Werke sprechen will? Erstaunlich!«

»Reden wir lieber von Ihnen. Ich verstehe nicht, daß eine Frau wie Sie in einer so ländlichen Umgebung leben kann.«

»Sie meinen, ich würde besser in einen literarischen Salon passen? Sehr schmeichelhaft, aber ich bin lieber Königin in einer einfachen Szenerie, ohne Rivalin«, erwiderte Mrs. Holden, und sie lachten beide.

James Holden hob überrascht die Brauen. Seltsam, daß dieser Schriftsteller so gut mit seiner furchterregenden Mama umgehen konnte... Cynthia, sichtlich erleichtert, weil ihre Schwiegermutter sich in diesem Haus wohlzufühlen schien, begann sich ungezwungen an der Konversation zu beteiligen. Nur Elizabeth schwieg.

Dann flog die Tür auf, und Jo stand auf der Schwelle, in ihrer schäbigsten Reithose und einer Bluse, an der ein Knopf fehlte. Sheikh folgte ihr auf dem Fuß, und James zuckte leicht zusammen angesichts des riesigen Tiers. Ein Augenblick gelinder Verwirrung trat ein, als Sheikh auf James' zitternde Knie zu klettern versuchte.

»Platz, Sheikh!« rief Jo. »Oh, das ist ja mein Freund, der am Gartentor gestrandet war! Hallo, Mr. Holden! Tut mir leid, aber ich habe ganz vergessen, daß Sie heute kommen wollten. Ich konnte mir gar nicht vorstellen, wem die schöne Arche Noah vor der Tür gehört. Oh, bitte, entschuldigen Sie mein Aussehen«, fügte sie hinzu, als sie den frostigen Blick der alten Dame bemerkte.

Aber wenn Jo in fröhlicher Stimmung war, so wie jetzt, dann war sie meist unwiderstehlich, und so eroberte sie die Herzen der Gäste im Sturm, auch das der alten Dame, die steif und aufrecht in einem viktorianischen Stuhl saß. Sogar Elizabeth taute etwas auf. »Hallo! Vater hat mir erzählt, daß Sie ihm in einer üblen Lage geholfen haben.«

»Gern geschehen, ich bin so froh, daß ich endlich ein junges Mädchen kennenlerne. Bisher habe ich hier nur mittelalterliche oder verheiratete Frauen getroffen.«

Sie unterhielten sich angeregt, und nach einer Weile bat Christine: »Würdet ihr beiden Mädchen den Tee machen? In der Küche steht alles bereit.« Sie wollte Jo und Beth Gelegenheit geben, allein miteinander zu sprechen und sich näher kennenzulernen.

Als sie hinausgingen, strich Beth über Sheikhs Kopf. »Das ist wenigstens ein richtiger Hund. Als ich die Schule verließ, wollte Vater mir einen Pekinesen schenken, aber das habe ich natürlich abgelehnt. Vater hat mir gesagt, daß Sie Tim Connors Pferd gekauft haben. Früher bin ich oft auf Rajah geritten, aber dann bildete Vater sich ein, daß Tim finstere Absichten mit mir hätte, und warf ihn hinaus. Und so mußte ich mich von Rajah trennen.«

»Aber Sie haben doch sicher ein Pferd?«

»Natürlich – ein teures Vollblutpferd. Aber ich hätte viel lieber Rajah gehabt. Aber ich darf ja nie das haben, was ich mir wünsche...«

»Sie spielen wohl auf Craig an? Ich kenne die Geschichte. Ganz Eldado kennt sie, und jeder wünscht Ihnen Glück. Was hat Ihre Familie gegen Craig? Er ist doch der einzige nette Junggeselle hier in der Gegend.«

»Nicht der einzige. Lester ist auch noch da. Er kommt nächste Woche nach Hause, aber er wird nicht lange bleiben. Schade...«

»Die Leute in Eldado scheinen ihn zu mögen – obwohl er auch zu den Snobs gehört.«

»Wenn Sie es schon so ausdrücken wollen – ich gehöre auch dazu.«

»Oh, verzeihen Sie. Ich habe gar nicht bedacht, daß Sie ja auch aus Rangimarie stammen. Sie sind so anders.«

»Lester ist auch anders. Er ist großartig. Bevor ich Craig

kennenlernte, habe ich mir immer gewünscht, daß er mich nicht wie eine Fünfjährige behandelt.«

»Warum hat er das denn getan?«

»Er ist sechs Jahre älter als ich, und er sagt immer noch ›kleine Beth‹ zu mir.«

»Beth gefällt mir viel besser als Elizabeth. Das klingt so imposant.«

»Sie werden Lester auch mögen. Abgesehen von Craig ist er der netteste Mann, den ich kenne. Schade, daß er nicht hierbleiben wird. Sie würden sich sicher gut mit ihm verstehen, Jo.«

»Danke, aber ich komme schon zurecht. Erzählen Sie mir von Ihnen und Craig!«

Das ließ sich Beth nicht zweimal sagen, und ihre Augen begannen zu strahlen. Als Christine in die Küche kam, lächelte sie verständnisvoll. »Ihr könnt euren Tee ja hier trinken. Ich nehme das Tablett mit, bleibt nur sitzen.«

Beth sah ihr erstaunt nach. »Ist deine Mutter immer so rücksichtsvoll?« Die beiden Mädchen waren inzwischen zum vertraulichen Du übergegangen.

»Meistens.«

»Meine Eltern werden wohl zeit ihres Lebens versuchen, mich herumzukommandieren. Aber ich werde Craig trotzdem heiraten.«

»Du hast Glück, daß du so genau weißt, was du willst. Das kann ich von mir nicht behaupten.«

»Ich wußte es schon, als ich ihn das erstemal im Laden von Eldado sah. Und er wußte es auch. Aber wir haben natürlich nichts davon gesagt. Erst als wir das heimliche Picknick veranstaltet haben, von dem meine Familie heute noch nichts weiß ... Ja, ich bin mir ganz sicher. Oh, ich hätte ›viel bessere Möglichkeiten‹ gehabt, wie mein Vater es nennen würde – Jungs aus guter Familie, die ich durch meine Schulfreundinnen kennengelernt hatte. Aber ich will Craig haben, und ich werde ihn auch bekommen. Bis zur Hochzeit möchte ich irgend etwas tun, vielleicht einen Schwesternkursus machen und mir meinen Lebensunterhalt selbst verdienen. Wir müssen mit dem Heiraten noch warten, bis Craig das Haus bauen kann. Vater wird ohnehin nicht seine Einwilligung geben.«

»Es wird ihm wohl nichts anderes übrigbleiben.«

»Du kennst meinen Vater nicht. Er kann einen richtig einschüchtern. Sein Neffe Lester war der einzige, der ein paar menschliche Züge in ihm wecken konnte.«

»Wie ist denn Lesters Familie? Genauso wie deine?«

»Oh, Großmutter und Vater haben auf die ganze Sippschaft abgefärbt. Lesters Vater ist ein Weichling. Er hockt immer nur zu Hause herum. Seine Mutter ist in Ordnung, aber völlig eingeschüchtert, wie wir alle. Wir Frauen in Rangimarie sind schon arm dran.«

»Warum gehst du dann nicht weg? Heutzutage muß doch kein Mädchen mehr daheim bleiben, wenn es keine Lust dazu hat. Die viktorianischen Zeiten sind vorbei.«

»Aber wovon soll ich denn leben? Ich habe kein Geld, und Vater würde mir bestimmt nichts geben. Und jetzt, wo Craig wieder zu Hause ist, läßt es sich ertragen. Ich hoffe, er kann bald mit dem Hausbau anfangen. Schlimmstenfalls müssen wir ein Jahr warten.«

»Du bist verrückt, wenn du so lange wartest.«

Beth sah ihre neue Freundin ein wenig verwirrt an. So hatte man nicht mehr mit ihr gesprochen, seit sie sich von ihren Schulfreundinnen getrennt hatte. Aber es tat gut, sich endlich einmal alles von der Seele zu reden und Verständnis zu finden. Beth hatte das Gefühl, daß sie in Jo eine Verbündete gewonnen hatte.

Und das war erwiesen, als Jo sagte: »Du kannst dich natürlich hier mit Craig treffen, sooft du willst. Er kann ja Robert besuchen und sich mit ihm über ein krankes Kalb unterhalten, und du kannst mich wegen eines Strickmusters zu Rate ziehen. Allerdings habe ich noch nie in meinem Leben gestrickt und werde das wohl auch nie tun. Ich muß dich warnen, Beth, ich verfüge über keinerlei weibliche Tugenden. Ich reite gern, oder ich helfe Robert, einen Zaun auszubessern. Schrecklich unweiblich, nicht? Aber du kannst mich ja trotzdem besuchen, und wir werden dafür sorgen, daß dann auch Craig auftaucht. Es ist vielleicht besser, wenn du ihn nicht zu Hause anrufst.«

»Das habe ich noch nie getan. Vater kann in seinem Arbeitszimmer jedes Gespräch mithören.«

»Du lieber Gott! Aber wir werden ihn schon ausschalten, keine Angst.«

Und so entstand die »unheilige Allianz«, wie Adrian es nannte.

»Beth wird Jo helfen, sich hier einzuleben«, sagte Christine zu ihrem Sohn. »Sie brauchen beide eine Freundin, und Jo kann Beth etwas von ihrem rebellischen Geist abgeben, den das arme Mädchen ganz offensichtlich braucht.«

»Die Kleine ist ganz nett, aber ein bißchen miesepetrig«, meinte Robert. »Ich verstehe nicht, warum Craig so verrückt nach ihr ist.«

Christine seufzte und fragte sich, wann wohl Robert solche Gefühle für ein Mädchen hegen würde, das der Rest der Welt eher durchschnittlich fand.

Jo war in ihrem Element. Seit sie Beth unter ihre Fittiche genommen hatte, sah sie ein neues Ziel vor Augen. Sheikh und Rajah waren ihre treu ergebenen Freunde, und wenn sie nicht mit den beiden unterwegs war, half sie Robert auf den Feldern oder ihrer Mutter im Haushalt. Manchmal fragte sie sich, was sie wohl aus ihrem eigenen Leben machen werde. Sie hatte schon einiges versucht, ohne großen Erfolg, aber das hielt sie nicht davon ab, sich abwechselnd als Parlamentsmitglied, Arzthelferin im Dschungel oder charmante

Sekretärin eines Wirtschaftsbosses zu sehen.

Von einer Ehe träumte sie jedenfalls noch nicht. Wie viele Mädchen ihrer Generation wollte sie sich »nicht frühzeitig binden«. Bisher hatte sie sich noch keinen ihrer zahlreichen Verehrer als Ehemann vorstellen können, und die jungen Männer hatten sich meist unschmeichelhaft schnell von ihrer Begeisterung für Jo erholt. Josephine Medway war zwar sehr attraktiv, aber ziemlich arrogant und eigenwillig. Das waren nicht gerade die Eigenschaften, die man sich bei einer künftigen Ehefrau wünscht. Und so hielt sich Jo nicht mit Erinnerungen an verflossene Liebschaften auf, sondern konzentrierte sich auf ihr gegenwärtiges Leben. Ihre romantischen Bedürfnisse wurden vollauf gestillt durch die heimlichen Rendezvous, die sie für Beth und Craig arrangierte.

5

Lester Severne war schon seit einer Woche zu Hause, als Jo ihn kennenlernte. »Wenn du sehen willst, wie gut Rajah springen kann, dann bring ihn doch einmal zu uns«, hatte Beth gesagt. »Als mein Bruder – ich meine den, der jetzt Anwalt ist – seine Leidenschaft für den Reitsport entdeckte, legte er natürlich großen Wert auf Stil, und so hat er ein paar Hürden bauen lassen. Wir haben leider keinen Wassergraben, aber es ist trotzdem ganz lustig. Probier es doch einmal!«

Und so war Jo zu den Holdens hinübergeritten, diesmal in tadellosen Reithosen, gefolgt von Sheikh, den man allerdings nicht eingeladen hatte. Der Reitplatz war ein Traum für jeden Amateurreiter, mit schönem Rasen und interessanten Hindernissen. Beth war ebenfalls in Reitkleidung und hielt ihr nervös tänzelndes Vollblutpferd am Zügel.

»Hast du es gut!« meinte Jo und sah sich neidisch um.

»Ja, aber ich bin keine sehr gute Reiterin, und Diamond kann diesen Busch dort nicht ausstehen. Er verweigert jedesmal, wenn ich ihn dazu bringen will darüberzuspringen. Ich vermisse Lester sehr. Er hat mir immer geholfen, meine Pferde zu trainieren.«

Der Held ohne Fehl und Tadel, dachte Jo, der soviel Tugend allmählich auf die Nerven ging. Sie ritt eine Runde, und Rajah nahm jede Hürde mit Bravour. Es störte ihn nicht einmal, daß Sheikh neben ihm herhüpfte. Als Jo dann aus dem Sattel glitt, sah Lester sie zum erstenmal, ein schlankes, graziles Mädchen, das sich lässig an Rajahs Hals lehnte und den Kopf der Dogge streichelte. Er war keineswegs beeindruckt. Gewiß, sie war hübsch, aber längst nicht so »phantastisch«, wie Beth behauptet hatte. Er fand, daß sie Theater spielte. Das Landmädchen, komplett mit Hund und Pferd... Sie spielte ihre Rolle gut, aber er bevorzugte natürliche, einfache Menschen wie seine »kleine Beth«.

Seine Ankunft störte das idyllische Bild, denn Sheikh erhob sich und knurrte den Fremden eindrucksvoll an, bereit, ihm auf Befehl seiner Herrin an die Kehle zu springen. Als er diesen Befehl nicht erhielt, ließ er sich mit einem Seufzer ins Gras zurücksinken.

»Lester, wie schön, daß du gekommen bist!« rief Beth erfreut. »Das ist Jo Medway, das Mädchen, von dem ich dir erzählt habe. Jo – das ist Lester.«

»Der Junge, von dem du mir erzählt hast«, bemerkte Jo provokant. Es war unmöglich, diesem großen, gutaussehenden Mann, der sie mit der typischen Rangimarie-Arroganz musterte, nicht provokant gegenüberzutreten. Er schätzte sie ebenso falsch ein wie sie ihn, denn wenn Jo auch viele Fehler hatte, so liebte sie es keineswegs zu posieren. Doch wie sehr sie einander verkannten, sollten sie erst später herausfinden. Jetzt lächelte Lester dünn und sagte: »Beth hat sich schon immer eindrucksvolle Freundinnen ausgesucht.«

»Tut mir leid, daß ich Sie enttäuscht habe«, erwiderte Jo.

Beth merkte erschrocken, daß ihre beiden Idole sich anscheinend nicht sonderlich sympathisch waren, und so schaltete sie sich hastig ein. »Lester, ich habe gerade gesagt, wie sehr ich dich vermisse, wenn ich Diamond trainiere. Er will einfach nicht über diesen Busch dort springen. Und dabei weiß ich, daß er es kann.«

»Du mußt ihn eben dazu zwingen«, sagte er mit einem liebevollen Lächeln, das Jo einigermaßen irritierte.

»Versuchen Sie's doch!« sagte sie. »Ich reite voran, wenn Sie wollen.«

»Vielen Dank, aber vielleicht schaffe ich's nicht, und dann würde ich mich unsterblich vor Beth blamieren.«

Aber seine Kusine war nicht bereit, so schnell aufzugeben. »Bitte, Lester! Ich bin überzeugt, daß er dir gehorcht. Und dann wird er bei mir auch nicht mehr verweigern. Komm, sei kein Spielverderber!«

Er lachte. »Ich weiß nicht, warum du glaubst, daß du mit dieser Bemerkung meinen männlichen Stolz herausforderst, doch ich gebe mich geschlagen. Sei aber bitte nicht enttäuscht, wenn ich deine Hoffnungen nicht erfülle.« Er schwang sich in den Sattel, und Jo folgte seinem Beispiel. Sie wollte auf die erste Hürde zureiten, aber Lester rief: »Nein, wir nehmen gleich den Busch. Es ist zu einfach, mit dem niedrigsten Hindernis anzufangen.«

Jo runzelte die Stirn, aber sie sagte nichts. Zumindest würde sie ihm zeigen, daß sie reiten konnte. Sie sprengte auf den Busch zu, und dann geschah etwas Erstaunliches. Rajah, der noch vor einer halben Stunde elegant über den Busch gesprungen war, verweigerte plötzlich, und Jo wäre beinahe aus dem Sattel gefallen. Als sie wieder sicher auf dem Pferderücken saß, ritt Lester an ihr vorbei, und Diamond nahm in einem hohen Sprung das Hindernis. Wütend flüsterte Jo in Rajahs Ohr: »Wenn du es jetzt nicht schaffst, kannst du was erleben.«

Sie wußte nicht, ob Rajah sich diese Drohung zu Herzen nahm oder ob Diamonds meisterhafter Sprung seinen Ehrgeiz geweckt hatte, jedenfalls sprang er ebenso elegant über den Busch hinweg, und Jo ritt besänftigt zu Beth und Lester zurück.

»Gut gemacht!« meinte Lester beifällig. »Sie können wirklich reiten, das muß Ihnen der Neid lassen. Es ist besonders schwierig, ein Pferd zum Sprung zu zwingen, wenn es beim erstenmal verweigert hat. So, Beth, jetzt kannst du es versuchen.«

»Muß ich?« fragte sie zaghaft, und Jo merkte, daß das Mädchen nervös war. Sie wollte sich gerade aus dem Sattel schwingen und dazwischentreten, als Lester sagte: »Natürlich mußt du! Das haben wir doch immer so gehalten. Wenn ich einen Sprung geschafft habe, hast du es mir nachgemacht. Los!«

»Laß es lieber, Beth«, bat Jo. »Du bist für heute genug geritten.«

Aber Beth saß schon im Sattel. »Lester hat recht. So haben wir es immer gemacht – erst er, dann ich. Würdest du voranreiten, Jo?«

»Wenn es sein muß ... Hoffentlich verweigert Rajah nicht wieder. Vorhin hätte er mich fast aus dem Sattel geworfen.«

Lester hielt ihr widerwillig zugute, daß sie wenigstens ehrlich war.

Diesmal verweigerte Rajah nicht, und auch Diamond enttäuschte seine Herrin nicht. Die beiden Mädchen ritten zu Lester zurück, und Beth rief strahlend: »So, jetzt versuche ich es noch einmal allein!« Auch der zweite Sprung gelang ihr makellos.

»Sie hätten sie nicht dazu zwingen sollen«, stieß Jo hervor, als Beth zurückgeritten kam. »Sie hatte Angst.«

»Wie lange kennen Sie meine Kusine?« fragte Lester gedehnt. »Ein paar Wochen, nicht wahr? Aber ich kenne sie seit neunzehn Jahren, und...«

»Natürlich kennen Sie sie viel besser als ich. Oh, wie ich solche Besserwisser hasse!«

»Schade«, meinte er lakonisch, und dann wandte er sich an Beth. »Das war sehr gut. Ich glaube, jetzt wirst du keine Schwierigkeiten mehr mit ihm haben.«

»Komm mit ins Haus, dann feiern wir meinen Erfolg bei Kuchen und Kaffee«, schlug Beth vor, aber Lester schüttelte den Kopf.

»Tut mir leid, aber ich habe einiges zu erledigen. Wenn ich diese Farm kaufe, und es sieht ganz danach aus, muß ich in ein paar Tagen abreisen.«

»Du wirst mir fehlen. Ein Glück, daß ich in Jo eine hilfreiche Freundin gefunden habe...«

»Wobei hilft sie dir denn?«

»Bei meinem Liebesleben. Die Medways sind mit den Trents befreundet, und ich kann mich jederzeit mit Craig auf ›Gipfelkreuz‹ treffen.«

»Das ist wirklich sehr entgegenkommend von Miß Medway«, sagte Lester, und Jo verspürte das unvernünftige Bedürfnis, ihn zu schütteln. Beth hatte sich ein völlig falsches Bild von ihrem Vetter gemacht. Er war genauso arrogant wie die übrige Sippschaft, und das sagte sie Beth auch, als er gegangen war.

»Der hochherrschaftliche Lester! Du merkst das nicht, weil du an ihn gewöhnt bist. Aber er ist genauso ein Snob wie die anderen.«

»Unsinn! Jeder in Eldado kann dir sagen, wie sehr du dich

irrst.«

Und sie sagten es ihr tatsächlich und bedauerten es sehr, daß er Rangimarie so bald wieder verließ. »Die einzige menschliche Seele da draußen, abgesehen von dem Mädchen, und Beth ist viel zu verängstigt, um aus ihrem Schnekkenhaus herauszukommen«, meinte Ted Jackson. »Übrigens, sag deinem Bruder, daß ich jetzt den Gebrauchtwagen habe, den er kaufen will.«

»Wozu denn das? Er kann doch jederzeit Adrians Wagen benutzen.«

»Er will den Wagen eures Vaters nicht auf dieser verdammten Straße zu Schanden fahren.«

Jo bezweifelte, daß es Adrian gefallen würde, einen alten, häßlichen Gebrauchtwagen hinter seinem eleganten Auto stehen zu sehen. Er war sehr großzügig und würde seinem Sohn mit Freuden einen anständigen Wagen kaufen. Es war wirklich Unsinn, so eine alte Karre zu erwerben, für die man andauernd Reparaturkosten bezahlen mußte.

Die Bekanntschaft mit den Holdens entwickelte sich zur Freundschaft, zumindest auf einer Seite. Als Christine, die gesellschaftliche Verpflichtungen nicht sonderlich ernst nahm, keine Anstalten traf, den Besuch zu erwidern, erhielt die Familie eine telefonische Einladung zum Tee. Christine überredete Robert dazu, ebenfalls in Erscheinung zu treten. »Damit sie nicht glauben, wir hätten dich erfunden.«

Als sie in dem großen alten Haus angekommen waren, zogen sich die beiden Mädchen bald zurück, was mit nachsichtigem Lächeln quittiert wurde. »Die jungen Leute haben sich ja immer so viel zu erzählen«, meinte Cynthia Holden.

»Erzähl mir doch mal von den anderen jungen Leuten in Rangimarie«, bat Jo, als sie mit Beth durch den Garten schlenderte. »Die Sylvesters waren schon bei uns und haben ein Brechmittel namens Cyril mitgebracht. Die Severnes waren auch da, natürlich ohne seine Lordschaft Lester. Aber es muß doch noch andere Nachkommenschaft geben.«

»Nun, wie du weißt, habe ich einen Bruder, und die Sylvesters haben mehrere Söhne, aber die wirst du nicht kennenlernen. Sie sind weiß Gott wo in würdevollen Berufen tätig, und die Töchter haben ähnliche Typen geheiratet. Alles sehr korrekt... Kein Wunder, daß Vater bei dem Gedanken erschauert, einen simplen Farmer als Schwiegersohn zu bekommen. Aber zufällig ist Craig mehr wert als alle diese hochgestochenen Burschen zusammen.«

»Da hast du ganz recht. Dieser gräßliche Cyril und seine Lordschaft Lester können Craig nicht das Wasser reichen. Ist Lester übrigens schon abgereist?«

»Nein, er muß noch hierbleiben, weil sein Vater Bronchitis hat. Onkel Douglas war schon immer kränklich. Lester hat sich die Farm, die er eventuell kaufen will, noch gar nicht angesehen. Dabei kann er es kaum erwarten, der arme Kerl.«

»Wieso ist er denn arm?«

»Weil sein Vater ihm immer mit irgendwelchen Krankheiten in die Quere kommt und weil ihm womöglich jemand die Farm vor der Nase wegschnappt, wenn er nicht bald hinfährt. Oh, ein Erdbeben!«

Keines der beiden Mädchen war ernsthaft irritiert. Jo hatte seit ihrer Ankunft auf »Gipfelkreuz« schon zwei kleinere Erdbeben miterlebt und teilte den Standpunkt ihrer Mutter. »Es ist lästig wegen des Geschirrs, aber das ist auch schon alles.« Dieses Erdbeben war jedoch stärker, und Sheikh heulte verstört. Jo lachte. »Er mag keine Erdbeben, aber er bemüht sich jedesmal, tapfer zu sein.« In diesem Augenblick erschütterte ein heftiger Erdstoß den Boden, und der Hund warf seiner Herrin einen mitleiderregenden Blick zu, zog den Schwanz ein und ergriff die Flucht. Beth lächelte, als Jo ihren Hund in Schutz zu nehmen versuchte.

»Laß nur, er ist eben genauso allergisch gegen Erdbeben wie Großmutter. Sie fürchtet sich jedesmal schrecklich, aber sie will es nicht zugeben. Sie war dabei, als dieses schlimme Erdbeben in Napier so großen Schaden anrichtete. Ihre Schwester wurde unter den Trümmern des Hauses begraben, und als man sie gefunden hatte, war sie tot. Darüber ist Großmutter nie hinweggekommen.«

»Kein Wunder. Gibt es sonst noch etwas, wovor sie Angst hat?«

»Nur Gott, aber die Erdbeben haben Vorrang.« Sie lachten, doch dann wurden sie sofort ernst, als ein dritter, ziemlich starker Erdstoß den Boden erzittern ließ.

Im Haus herrschte nervöse Spannung. Beim ersten Erdstoß hatten alle außer der alten Mrs. Holden die Teetassen abgestellt. »Die Schränke!« rief Cynthia und lief aus dem Zimmer, während Christine und die anderen versuchten, kleinere Gegenstände in Sicherheit zu bringen. Sheikh stürmte ins Zimmer, rannte James Holden fast um, der zu Tode erschrak, und versuchte dann unter den Teppich zu kriechen. Erst jetzt bemerkte Robert, daß die alte Dame sehr blaß war und am ganzen Körper zitterte. Da nahm er ihr einfach die Tasse aus den Fingern und hielt ihre Hand fest. Sie schenkte ihm ein unsicheres Lächeln. »Eine lächerliche Schwäche...« Aber sie klammerte sich an seiner Hand fest, bis der letzte Erdstoß abgeebbt war. Dann, als sie ihre Fassung wiedergewonnen hatte, sagte sie: »Ich muß mich entschuldigen, aber auch gestehen, daß es mir sehr geholfen hat, Ihre Hand zu halten. Erdbeben sind meine große Schwäche, seit der Katastrophe von Napier. Nun, wo alles vorbei ist, hätte ich gern noch eine Tasse Tee, Cynthia. Die erste habe ich leider verschüttet.« Danach wurde nicht mehr über das Erdbeben gesprochen, und Sheikh schlich sich lautlos aus dem Zimmer, tief beschämt über seine Feigheit.

Auf dem Heimweg fragte Jo: »Wie hat es dir in Rangimarie gefallen, Chris?«

»Cynthia ist sehr nett, aber mit ihrem Mann kann ich

nicht viel anfangen. Der arme Mann! Daß ihn unser Hund so aus dem inneren Gleichgewicht gebracht hat! Mußt du ihn denn immer mitnehmen, wenn wir einen Besuch machen, Jo?«

»Natürlich, und er hätte ja auch bei uns draußen bleiben sollen. Aber er hatte solche Angst vor dem Erdbeben. Ja, Mrs. Holden ist okay, und Beth auch. Und was hältst du von der Alten?«

»Sei nicht so respektlos! Ich finde die alte Mrs. Holden ganz reizend.«

»Und ich finde Beth reizend. Sie ist das gerade Gegenteil von mir – lieb und sanft, niemals kritisch, immer geneigt, alles wunderbar zu finden. Ich bin froh, daß ich mit ihr Freundschaft geschlossen habe.«

Am nächsten Abend rief Beth an und sagte: »Ich habe gute Neuigkeiten. Gut für uns, aber schlecht für Lester. Er kann noch nicht abreisen, weil Onkel Douglas ernsthaft krank ist. Der Arzt hat festgestellt, daß er ein schwaches Herz hat. Das bedeutet, daß Lester hierbleiben muß, bis die Severnes einen verläßlichen Verwalter gefunden haben. Onkel Douglas hat zwar nie viel gearbeitet, aber er hat den Leuten wenigstens gesagt, was sie tun und lassen sollen. Und diese Aufgabe muß nun Lester übernehmen.«

»Wie schlimm für ihn!« meinte Jo. »Aber für seine Eltern ist es sicher noch schlimmer.«

»Ich glaube nicht, daß es Onkel Douglas viel ausmacht. Er hat schon immer gern im Bett gelegen, und jetzt hat er wenigstens einen stichhaltigen Grund, drin zu bleiben. Er darf sich nicht überanstrengen. Nicht daß er das jemals in seinem Leben getan hätte...«

Die »unheilige Allianz« war sehr erfolgreich. Wann immer Craig ein paar Minuten erübrigen konnte, fuhr er nach »Gipfelkreuz« hinüber, und Beth war fast immer zur Stelle. Jo hatte einen telefonischen Kode mit ihr vereinbart, der bedeutete: »Komm heute nachmittag, Craig wird hier sein.«

»Falle ich Ihnen auch nicht zur Last?« wandte sich Craig eines Tages an Christine.

»Wozu sind Freunde denn da?« antwortete sie lachend, und er wußte, daß sie es aufrichtig meinte, und war glücklich.

»Ich beneide dich«, sagte Jo zu ihrer Freundin. »Du weißt genau, was du willst, und du hast den attraktivsten Jungen des ganzen Distrikts eingefangen.«

»Oh, da ist ja auch noch Lester.«

»Wie du sicher bemerkt haben wirst, kommen seine Lordschaft und ich nicht sonderlich gut miteinander aus. Außerdem ist er nur für kurze Zeit hier.«

»Nein, das wollte ich dir ja gerade erzählen. Der arme Lester mußte seine Pläne aufgeben. Er hatte einen guten Verwalter gefunden, aber als er die Finanzlage der Familie überprüfte, mußte er feststellen, daß nicht genug Geld da ist, um den Mann zu bezahlen. So muß er sich selbst um die Farm kümmern, und bis auf einen Schafhirten mußte er alle Leute entlassen wegen der finanziellen Schwierigkeiten.«

Jo hatte Mitleid mit Lester, weil sie jeden bedauerte, der in der Atmosphäre von Rangimarie leben mußte. Und sie konnte sich vorstellen, daß es einem formidablen jungen Mann wie Lester Severne schwerfallen mußte, in beengten Verhältnissen zu leben. »Was für ein Pech!« sagte sie.

»Das finde ich aber gar nicht«, erwiderte Beth. »Nun habt ihr beide wenigstens Gelegenheit, euch besser kennenzulernen.«

Darauf wußte Jo keine passende Antwort.

Eines Morgens wurde Christine von einem lauten Krach aufgeschreckt und dachte dann resignierend: Das ist Adrian mit dem Rasenmäher. Offenbar hat er keine Lust, an der Schreibmaschine zu sitzen. Wenn er nur den Rasenmäher nicht kaputtgemacht hat...

Im nächsten Augenblick erklang ein schrilles Kreischen auf der Veranda, und Jo rief: »Chris, komm heraus! Du mußt Kusine Jane begrüßen!«

Christine fuhr sich hastig mit einem Kamm durchs Haar und überlegte: Kusine Jane? Wir haben doch keine Kusine Jane... Aber da sie ihre Gastgeberpflichten nie vernachlässigte, rannte sie hinaus. An der Tür blieb sie stehen und wich ein wenig zurück. Sie sah keine ältliche Kusine, aber vor den Eingangsstufen parkte ein außergewöhnliches Vehikel, und daneben stand ihr Sohn und grinste voller Besitzerstolz.

»Das ist Kusine Jane. Ist sie nicht süß?« fragte Jo und strahlte ebenfalls vor Freude.

»Wenn mit Kusine Jane dieses gräßliche alte Auto gemeint ist, dann bringt es bitte auf die Müllhalde, bevor es euer Vater sieht. Ihr wißt doch, daß er Gebrauchtwagen nicht ausstehen kann.«

»Unsinn, Chris! Kusine Jane wird nicht auf die Müllhalde wandern. Sie wird nach Eldado fahren und sogar nach Avesville und alle unsere Besorgungen erledigen.«

»Unmöglich! Mit diesem Karren kommt ihr nie durch den TÜV. Und sie ist viel zu häßlich.«

»Sie ist noch für zwei Monate zugelassen«, sagte Robert. »Und vielleicht kommt sie danach noch einmal durch den TÜV.«

»Trotzdem, sie ist wahnsinnig häßlich. Und warum heißt sie Kusine Jane?«

»So hat sie der frühere Besitzer genannt, und sie hat darauf gehört. Sei doch nicht so ein Snob, Chris!«

Christine seufzte resignierend. »Vielleicht könnt ihr sie wenigstens saubermachen. Sie ist schrecklich schmutzig. Adrian wird sich mit Grausen abwenden.«

In diesem Augenblick kam der Schriftsteller zur Tür. An diesem Morgen ging ihm die Arbeit nicht so recht von der Hand. Er hatte die alte Mrs. Holden in seinen neuen Roman aufgenommen, aber nun erwies sie sich als unkooperativ. Deshalb war er nervös. Er schlenderte den Korridor entlang, dann blieb er abrupt stehen. »Mein Gott, was ist denn das?«

Das war Jos Stichwort, und sie hakte sich zutraulich bei ihm unter. »Eine kleine Überraschung, Daddy.«

»Hör auf mit diesem Daddy-Getue! Das bedeutet immer, daß du irgendwas ausgeheckt hast.«

Christine sprang in die Bresche. »Adrian, das ist Kusine Jane. Die Kinder haben sie gekauft, um dein hübsches Auto zu schonen. Sie wollen nicht, daß es im Winter den Schlamm durchpflügen muß. Kusine Jane ist zwar keine Schönheit, aber sie ist noch für zwei Monate zugelassen, und sie kann von der Straße unten Pakete abholen. Viel weiter wird sie ja wohl kaum kommen.«

»Nein. Das Ding würde schon nach ein paar Kilometern zusammenbrechen. Was hast du dir nur dabei gedacht, mein Sohn?«

»Ich wollte eine alte Karre haben, mit der ich Zaundraht und anderes Material transportieren kann, das ich auf der Farm brauche. Ich habe Kusine Jane für einen Spottpreis bekommen.«

»Wahrscheinlich macht sie einen Höllenlärm, wenn sie wirklich einmal anspringen sollte. Meine lieben Kinder«, fügte Adrian mit gekränkter Miene hinzu, »wenn ihr ein Auto wolltet, hättet ihr es mir doch nur zu sagen brauchen.«

Christine konnte verstehen, daß er einen Schock erlitten hatte. Dieses Vehikel, das man kaum als Auto bezeichnen konnte, war von der schlimmsten Sorte. Der Rücksitz war völlig verschlissen, die Motorhaube neigte sich schräg zur Seite wie ein schäbiger alter Hut. Auf dem Vordersitz ragten ein paar Sprungfedern heraus. Der frühere Besitzer hatte versucht, Kusine Janes Mängel mit grellgrünem Lack zu übertünchen, aber der Rost fraß sich an mehreren Stellen durch.

»Schau dir doch das Trittbrett an, Adrian!« rief Jo. »Ist das nicht praktisch?«

»Ja, da kann man immerhin drauf sitzen, wenn man auf einer idyllischen, wenig befahrenen Landstraße eine Panne hat und warten muß, bis jemand kommt.« Plötzlich mußte Adrian lachen. »So etwas habe ich noch nie gesehen – nicht einmal in meinen schlimmsten Alpträumen. Das muß sofort in meinen Roman, als Kontrast zu der würdevollen alten Dame. Vielleicht könnte man den Schutzumschlag mit einem Foto von Kusine Jane schmücken. Wißt ihr«, begann er zu erläutern, während seine Familie interessierte Mienen aufsetze, »ich versuche dieses Hinterland zu porträtieren, in dem wir leben – in dem wir für ein Jahr leben werden«, verbesserte er mit einem entschuldigenden Blick zu seiner Frau. Und dann kehrte er zurück in den kleinen Nebenraum, den er sich als Arbeitszimmer eingerichtet hatte, und bald klapperte die Schreibmaschine. Es ist viel einfacher, über ein altes Auto zu schreiben als über eine alte Frau, dachte er. Ein altes Auto ist wenigstens komisch.

»So, und jetzt bringt das schreckliche kleine Ding weg vom Eingang und macht es richtig sauber«, sagte Christine fröhlich. »Innen und außen! Aber geht sanft mit Kusine Jane um, damit sie nicht zusammenfällt!«

Kusine Jane machte Jo und Robert viel Freude. Zu Adrians Unbehagen fuhren sie nur noch mit dem alten Auto, und Sheikh kauerte begeistert auf dem Rücksitz und legte den Kopf auf Jos Schulter, die vorn neben dem Fahrer saß. Adrian nannte das Auto nur »dieses gräßliche Wrack« und war erstaunt, als Robert diese Bezeichnung amüsant fand. »Ich geniere mich, wenn die Leute die Kinder in dieser Karre sehen. Mein einziger Sohn und meine einzige Tochter! Ich hätte ihnen doch ein anständiges Auto gekauft.«

»Aber sie haben sich nun einmal in Kusine Jane verliebt. Vielleicht, weil sie voller Überraschungen steckt. Man weiß nie, was ihr im nächsten Augenblick einfällt. Und du wirst auch noch froh sein, daß wir sie haben, wenn erst einmal der Winter kommt«, fügte Christine vielsagend hinzu.

6

Wie Jo erwartet hatte, war Beth begeistert von Kusine Jane. »Wenn ich nur auch so ein Auto hätte!« sagte sie sehnsüchtig.

»Damit wäre seine Lordschaft aber ganz und gar nicht einverstanden«, meinte Jo.

Doch da sollte sie sich irren, denn als sie das nächstemal mit Robert nach Eldado fuhr, schlenderte Lester heran und begrüßte Kusine Jane, die pustend vor dem Laden stehenblieb.

»Schlicht und bescheiden«, sagte Jo und machte sich auf ein herablassendes Grinsen gefaßt. »Aber wir sind ja auch schlichte, bescheidene Leute.«

»Ich finde das Auto sehr hübsch«, entgegnete Lester. »Eine verblaßte Schönheit aus glanzvoller Vergangenheit«, fügte er hinzu, und Jo dachte, daß er eigentlich gar nicht so übel war.

»Ich glaube nicht, daß ich unser Auto Ihrer Familie vorstellen werde. Es würde sicher keinen Anklang finden.«

Aber Kusine Jane sollte schon sehr bald in die heiligen Gefilde eindringen, und das aus eigenem Antrieb. Denn eines Tages, als sie am Tor der Holdens vorbeifuhren, nachdem sie Lesters Schafböcke inspiziert hatten, begann das Auto laut zu schnaufen. »Sie hat kein Kühlwasser mehr«, meinte Robert resigniert. »Wahrscheinlich hat sie irgendwo ein neues Leck. Es bleibt uns nichts anderes übrig, wir müssen Mr. Holden um Wasser bitten.«

Langsam fuhren sie die Auffahrt hinauf, während Kusine Jane verzweifelt stotterte, und entschuldigten sich bei James Holden, als dieser höflich, aber keineswegs begeistert zum Vorschein kam. »Tut mir leid, daß wir Sie so überfallen, aber Kusine Jane verdurstet. Ich glaube nicht, daß sie noch einen Kilometer schaffen wird. Hätten Sie vielleicht einen Eimer Wasser für uns?«

James lächelte gezwungen und ging davon, gefolgt von Robert und Sheikh. Robert hatte den Motor laufen lassen, weil er befürchtete, daß Kusine Jane sonst nicht mehr anspringen würde, und sie schleuderte ihm wütende Schimpflaute nach. Cynthia trat auf die Veranda, warf einen verwirrten Blick zum Himmel und dann auf Kusine Jane und Jo und lächelte verständnisvoll. »Das ist also das berühmte Auto. Ich dachte, daß ein Hubschrauber über uns hinwegfliegt. Was für ein nettes kleines Ding! Und daß es trotz seiner geringen Größe soviel Lärm machen kann...«

Jo lachte. »Ist Kusine Jane nicht entzückend? Adrian ist allerdings weniger begeistert.«

»Adrian?«

»Mein Vater. Wenn es um Autos geht, ist er ein gräßlicher Snob.«

»Ich habe noch nie gehört, daß junge Leute ihre Eltern beim Vornamen anreden. Elizabeth ist in dieser Beziehung eher altmodisch.«

Jo unterdrückte ein Grinsen. Sie mußte Beth einmal dazu überreden, Mr. Holden »James« zu nennen oder noch besser »Jimmy«. »Es klingt vielleicht etwas seltsam, aber wir haben unsere Eltern immer so angeredet. Es macht ihnen nichts aus.«

»Ich weiß nicht recht... Vielleicht kann man auf diese Weise die Kluft zwischen den Generationen überbrücken, von der ja jetzt soviel gesprochen wird.«

Jo wollte gerade sagen, daß die Anredeform keine Rolle spiele, es komme nur darauf an, wie man zu seinen Eltern stehe, als James Holden und Robert mit einem Eimer Wasser zurückkamen. James machte mit einiger Anstrengung eine scherzhafte Bemerkung über Kusine Jane, und Robert fragte boshaft: »Wollen Sie sich mal ans Steuer setzen, Sir? Sie fährt besser, als sie aussieht.«

James erklärte, er hätte wichtige Geschäftsbriefe zu schreiben, und dann sahen sie alle die alte Mrs. Holden in der Tür stehen, die erstaunt auf das Vehikel starrte, das da ihre elegante Auffahrt verunzierte. Jo fragte sich, ob es respektlos wäre, der alten Dame zuzuwinken, unterließ es lieber und versuchte sich zu verneigen – ein schwieriges Unterfangen, wenn man in der winzigen Kusine Jane saß. Mrs. Holden nickte gnädig und beorderte dann mit einer herrischen Geste ihren Sohn zu sich. Jo und Robert konnten hören, was sie sagte, denn es gehörte zu den verwirrenden Eigenschaften der alten Dame, daß sie ihre Mitmenschen für taub hielt.

»James, du hättest mit dem Auto fahren sollen. Ich mag den jungen Mann. Er ist ein Gentleman. Es ist natürlich schlimm, daß er dazu gezwungen ist, ein so schreckliches Vehikel zu fahren, aber er ist stolz darauf. Wahrscheinlich ist es sein erstes Auto. Es wäre höflicher gewesen, seine Einladung anzunehmen.«

Dann stieg sie würdevoll die Stufen herab und begrüßte Robert sehr herzlich. »Ein bemerkenswerter Wagen. Ich würde sehr gern einmal damit fahren.«

Robert, hin- und hergerissen zwischen Verlegenheit und Belustigung, erwiderte zögernd: »Nun ja... Sie werden das Auto sicher nicht sehr komfortabel finden, aber ich finde es toll von Ihnen, daß Sie es ausprobieren wollen. Jo, halt keine Maulaffen feil, steig aus und halt dein Riesenvieh fest. Wart hier auf mich, ich mache eine kleine Rundfahrt mit Mrs. Holden. Kommen Sie, ich helfe Ihnen, Madam. Es ist ein bißchen schwierig einzusteigen.«

»Ich bin noch nicht völlig verknöchert, Mr. Medway.«

»Bitte nennen Sie mich nicht so! Mr. Medway ist mein Vater. Ich bin Robert.«

»Es fällt mir schwer, die Leute mit Vornamen anzureden, aber wenn Sie es wünschen, werde ich es versuchen. Robert ist ein hübscher Name. Hoffentlich lassen Sie niemals zu, daß man ihn abkürzt und Sie ›Bob‹ nennt. Das wäre bedauerlich.«

Robert verschwieg, daß man ihn sehr oft so nannte, und als Mrs. Holden eingestiegen war, wendete er das kleine Auto. Im 30-Kilometer-Tempo fuhren sie die Auffahrt hinab, während die anderen ihnen sprachlos nachstarrten. Jo fand, daß die alte Dame wirklich Charakter hatte, trotz ihres Snobismus, und sie unterdrückte mühsam einen Lachanfall, als Beth auf sie zurannte. »Wo sind denn Robert und Kusine Jane? Ich dachte, ich hätte die Stimme eures Autos gehört, und habe mich beeilt, nach Hause zu kommen.«

»Deine Großmutter macht eine Spazierfahrt mit Robert und Kusine Jane.«

Die beiden Mädchen sahen sich an, dann brachen sie in Gelächter aus. »Oh, wenn ich das nur gesehen hätte!« jammerte Beth.

Jo tröstete sie damit, daß es ihr ja vergönnt sein werde, die Rückkehr der drei zu beobachten. »Wenn Kusine Jane nicht gestreikt oder einen Salto vollführt hat.«

Aber bald kam das kleine Auto brav die Auffahrt heraufgerollt. Während der Fahrt hatte Robert der alten Mrs. Holden von seinen Plänen mit »Gipfelkreuz« erzählt. Sie hatte interessiert zugehört und praktische Fragen gestellt, die ihn erstaunten. »Sie versteht viel mehr von der Landwirtschaft als ihr Sohn«, sagte er später zu seiner Familie. »Sie muß zwar schon über achtzig sein, aber geistig ist sie noch voll da.«

Als Kusine Jane spuckend stehenblieb, lief James die Stufen herab, um seiner Mutter beim Aussteigen zu helfen. Doch er war nicht schnell genug, und es war der junge Mann, dem sie eine arthritische Hand reichte. Sie schaffte es, aus dem Wagen zu klettern, ohne auch nur einen Teil ihrer unangreifbaren Würde zu verlieren.

»Nun, Großmutter, wie hat es dir gefallen?« fragte Beth.

Die alte Dame überlegte eine Weile, dann antwortete sie: »Es ist nicht ganz das Auto, das ich mir aussuchen würde. Aber es wird dem jungen Mann gute Dienste leisten, und es ist ganz schön schnell.« Obwohl die Geschwindigkeit nur dreißig Kilometer pro Stunde betragen hatte, lächelte niemand. Und die alte Mrs. Holden hatte den jungen Mann so offensichtlich ins Herz geschlossen, daß Cynthia nichts anderes übrigblieb, als ihn und seine Schwester zum Kaffee einzuladen.

»Nun seid ihr endgültig in Gnaden aufgenommen«, flüsterte Beth ihrer Freundin zu.

Die Begeisterung der Familie Holden gefiel Christine nicht sonderlich, da dies das Ende ihrer Isolation und gesellschaftliche Kontakte auch mit den anderen Bewohnern von Rangimarie bedeutete, die Mrs. Holdens Beispiel eifrig folgten und die Medways einluden. Die alte Dame beglückte auch Adrian mit ihrer Freundschaft, obwohl sie ihm nicht die gleiche Herzlichkeit entgegenbrachte wie seinem Sohn. »Ich weiß, warum Sie so gern mit mir zusammen sind, Mr. Medway, und ich freue mich schon auf Ihren neuen Roman, in dem sicher das viktorianische Zeitalter wiederaufleben wird.«

Einen Augenblick lang war er sprachlos, dann erwiderte er lächelnd: »Ein Tribut, den ich Ihrem Charme zolle, Madam.«

»Wohl eher meiner Einzigartigkeit. Ich bin sicher das älteste viktorianische Relikt, dem Sie je begegnet sind, und deshalb bin ich für Ihre schriftstellerische Arbeit von unschätzbarem Wert.«

»Ich muß Ihre Klugheit bewundern, Madam.«

Bald stand es unumstößlich fest, daß Lester Severne in Rangimarie bleiben mußte. Douglas Severnes Ärzte hatten erklärt, er müsse in der Nähe einer Stadt leben, wo eine wirksamere medizinische Hilfe zur Verfügung stehe, wo er mehr Freunde gewinnen und mehr Interessen pflegen könne.

»Wenn er diese einsame Gegend verläßt, wird er sicher wieder mehr Freude am Leben finden und eher gesund werden«, meinte Adrian. »Mir tut nur der arme Lester leid, der nun die unrentable Farm am Hals hat und allein in dem großen Haus leben muß, denn Mrs. Severne wird ihren Mann ja sicher begleiten.«

»Viel schlimmer ist, daß er in der Nachbarschaft dieser schrecklichen Rangimarie-Snobs leben muß«, sagte Jo. »Ich sehe schon, wie er sich in einen zweiten James Holden verwandelt.«

»Das glaube ich nicht. Er ist aus anderem Holz geschnitzt. Er wird ein ganz normales Leben führen.«

»Hoffentlich wird das auch der armen Beth vergönnt sein. Ihr Vater hat sie gestern gefragt, wann sie mit Craig hier war. ›Ja, ich weiß, daß du bei den Medways warst‹, hat er gesagt. ›Und jetzt stelle ich dir eine ganz simple Frage. Hatten sie noch einen anderen Gast? Und wenn ja – wen?‹ Für Beth war die Frage natürlich nicht so simpel.«

»Jetzt werden sie uns beschuldigen, daß wir diese Liebesaffäre begünstigt haben«, sagte Christine, »und das können wir auch gar nicht leugnen, Adrian.«

»Unsinn!« entgegnete Adrian, fest entschlossen, sich auf

die richtige Seite der Kluft zwischen den Generationen zu stellen. »Es war Beths gutes Recht, sich mit Craig zu treffen. Er ist ein netter junger Mann, und die beiden passen sehr gut zusammen.«

»Nicht in den Augen der Holdens. Wir müssen uns auf das Schlimmste gefaßt machen.«

»Mach dir keine Sorgen, Chris«, sagte Jo. »Was immer auch geschieht, wir werden dich nicht hineinziehen.«

Sie hielt ihr Wort. Als Beth am nächsten Tag auf ihrem schweißüberströmten Pferd angeritten kam, mit tragischer Miene und rotgeweinten Augen, führte Jo sie in eine stille Gartenecke, weit weg von Christine. »Es ist was Schreckliches passiert«, stieß Beth hervor.

»Das habe ich mir beinahe gedacht. Was ist los?«

»Ich hatte einen furchtbaren Krach mit meinem Vater, und nun will er mich zu Tante Jessica nach Christchurch schicken, damit ich diese dumme Liebesgeschichte vergesse, wie er sich ausgedrückt hat.«

»Du hast natürlich gesagt, daß du nicht zu deiner Tante gehen wirst?«

»Sicher, aber was hilft mir das? Vater hat schon an Tante Jessica geschrieben. In ein oder zwei Wochen soll ich abreisen.«

»Sei nicht so dumm! Sie können dich nicht zwingen, es sei denn, sie schleifen dich mit Gewalt ins Flugzeug. Sag einfach nein und bleib dabei!«

»Du hast leicht reden. Du bist nicht so autoritär erzogen worden.«

»Allerdings nicht. Wir leben ja nicht mehr im Mittelalter.«

»Was soll ich nur tun?«

Wie als Antwort auf diese verzweifelte Frage sprang Craig über den Gartenzaun und nahm Beth in die Arme. »Ich habe schon in Eldado gehört, was los ist. Du gehst natürlich nicht nach Christchurch. Du bleibst hier und heiratest mich und sagst deiner Familie, sie soll zum Teufel gehen.«

»Ein vernünftiger Vorschlag«, meinte Jo.

»O Craig, ich liebe dich!« stieß Beth hervor. »Aber wie sollen wir das schaffen? Und wo sollen wir leben? Du hast gesagt, daß das Haus frühestens in sechs Monaten fertig ist.«

»Ich werde mich mit der Arbeit beeilen, und inzwischen könntest du ja in der Hütte wohnen. Sie ist in Ordnung, weil Dad immer sagt, die Quartiere der Arbeiter müssen genauso komfortabel sein wie das Haus des Chefs. Die Hütte ist natürlich ein bißchen klein, und sie ist schon seit drei Monaten nicht mehr bewohnt worden.«

»Das macht nichts«, meinte Jo. »Ein verliebtes Paar braucht nicht viel Platz, und den übrigen Problemen kann man mit dem Staubsauger zu Leibe rücken.«

»Mir ist es völlig egal, wie es in der Hütte aussieht«, sagte Beth. »Wir würden sie miteinander herrichten, das wäre himmlisch. Aber wie können wir denn heiraten? Vater wird niemals seine Einwilligung geben.«

»Die braucht ihr auch gar nicht«, erklärte Jo. »Ihr könnt allerdings nur auf dem Standesamt heiraten, weil der Pfarrer euch alle kennt, und es wäre nicht fair, ihn in die Sache hineinzuziehen. Hauptsache, ihr seid überhaupt verheiratet. Manche Leute hätten auch gar nichts dagegen, wenn ihr in wilder Ehe zusammen leben würdet. Aber ich bin ein bißchen altmodisch, und deshalb bin ich froh, daß ihr euch zur Trauung entschlossen habt.«

Die Ironie dieser Bemerkung war an Beth verschwendet, denn sie war viel zu aufgeregt, um darauf zu achten. Sie lag in Craigs Armen, und Christine, die gerade mit einem Rechen den Garten betrat, machte auf dem Absatz kehrt und ergriff die Flucht. »Da ist irgendwas im Gange«, sagte sie zu Adrian. »Sonst sind sie nicht so hemmungslos.«

»Um Gottes willen, halten wir uns da raus!« rief Adrian

erschrocken und trat einen langen Spaziergang über die Felder an.

Er hätte sich nicht zu bemühen brauchen. Die drei waren entschlossen, niemanden einzuweihen. »Es wäre nicht fair, deine Leute hineinzuziehen«, sagte Craig zu Jo. »Es ist mir zwar unangenehm, daß wir ihnen was verheimlichen, aber es ist richtig so, weil sie ja in diesem Distrikt leben.«

»Es ist viel besser, wenn Adrian nichts weiß. Er würde auf Zehenspitzen umherschleichen und verstohlene Blicke um sich werfen, und die Leute würden sich Gedanken machen. Mutter könnte es natürlich besser verbergen, aber es würde ihr schwerfallen, weil sie noch sechs Monate auf ›Gipfelkreuz‹ ausharren muß. Also wissen nur wir drei Bescheid. So, und nun wollen wir Pläne machen.«

Die Pläne waren drastisch, aber vernünftig. Beth mußte zum Schein ihre Reise nach Christchurch vorbereiten. Ihre Eltern sollten einen Flug buchen. Sobald Craig die Heiratslizenz hatte, würde sie nach »Gipfelkreuz« reiten, um Jo zu besuchen.

Plötzlich schrie Beth gequält auf. »Aber mein Kleid! Ich kann doch nicht in Reithosen heiraten!«

»Du kannst auch in einem Bikini heiraten, obwohl das dem Standesbeamten vermutlich nicht recht sein würde«, sagte Jo. »Du könntest ja alle Sachen, die du für die Flitterwochen brauchst, nach und nach in den Laden der Beltons bringen, und ich leihe dir dann einen Koffer.«

»Aber alle meine anderen Sachen! Meine Eltern werden sie nicht rausrücken.«

»Unsinn! Sie können sie nicht behalten. Außerdem werden sie nicht so stur sein. Wenn du erst einmal verheiratet bist, werden sie sicher klein beigeben. Ich werde deine Sachen schon holen.«

»O Jo, wie tapfer du bist! Sie werden auch auf dich wütend sein, weil du mir geholfen hast, sie zu hintergehen.«

»Und darauf bin ich auch stolz. Es wird schon noch alles gut werden, Beth. Sobald du in einem hübschen Haus wohnst und ›etabliert‹ bist, wie sie es nennen, werden sie sich mit dir aussöhnen.«

Sie besprachen ihren Plan gründlich, und dann sagte Beth: »Nur noch einen einzigen Menschen möchte ich einweihen, und er soll auch bei der Hochzeit dabeisein – Lester.«

»Seine Lordschaft?« rief Jo entsetzt. »Bist du verrückt? Er würde sofort deinem Vater Bescheid sagen.«

»Da schätzt du ihn aber völlig falsch ein. Er ist sehr nett, und ich liebe ihn wie einen Bruder. Er soll dabeisein, wenn ich heirate.«

Craig beschloß sich einzuschalten. »Ich kenne Lester, Liebling. Du hast recht, und Jo irrt sich. Aber es wäre trotzdem besser, niemanden einzuweihen – nicht einmal Lester.«

»Das finde ich auch«, sagte Jo. »Lester hat ein ausgeprägtes Ehrgefühl, und solche Leute sind gefährlich. Aber ich werde natürlich dabeisein. Wir fahren zusammen in Kusine Jane nach Avesville. Oh, sie wird so stolz sein. Stellt euch vor, eine Braut fährt in Kusine Jane vor dem Standesamt vor! Natürlich können wir sie nicht mit weißen Bändern schmücken. Das würde deplaciert wirken.«

»Und die Trauzeugen?« fragte Craig. »Außer dir brauchen wir noch einen, Jo.«

»Wir nehmen eben einfach einen Beamten oder einen Mann von der Straße.«

»Aber wenn Lester dabei wäre, könnte er doch der zweite Trauzeuge sein«, sagte Beth. »Darf ich es ihm wirklich nicht erzählen?«

»Sag es ihm nur, wenn du alles verderben willst«, erwiderte Jo.

Beth gab sich seufzend geschlagen.

Und so setzten sie ihren Plan in die Tat um, begannen Beths Sachen nach »Gipfelkreuz« zu schmuggeln. Sie hinterlegte jeden Tag ein Päckchen für Jo im Laden, einmal einen weißen Wollrock, den sie noch nie getragen hatte, am nächsten Tag den passenden Mantel, und Jo holte die Sachen und versteckte sie in ihrem Zimmer. Beth kam während dieser Zeit nur einmal nach »Gipfelkreuz«, weil es nicht so einfach war, den wachsamen Augen ihres Vaters zu entrinnen. Mit boshafter Freude betrachtete sie das weiße Ensemble. »Das haben Mutter und ich erst vor ein paar Tagen gekauft. Wenn sie wüßte, daß ich darin heiraten werde...«

»Das hast du gut gemacht. Bist du sicher, daß sie noch immer keine Ahnung haben?«

»Ganz sicher. Sie sind überzeugt, daß ich bald in Tante Jessicas Obhut sein werde, und die hält wahrscheinlich schon nach einem passenden Bräutigam für mich Ausschau.« Und Beth lachte so übermütig, wie sie es noch vor sechs Monaten nicht gewagt hätte. Jo hatte wirklich eine Rebellin aus ihr gemacht.

Als Beths Abflug nach Christchurch kurz bevorstand, verkündete Craig, daß nun alles bereit sei. Jo hatte erklärt, daß sie und Beth in Kusine Jane nach Avesville fahren würden, trotz der Proteste Craigs. »Kusine Jane ist das einzig richtige Auto für diese Straße. Du müßtest an deinem Ketten anbringen, und stell dir doch einmal einen Hochzeitswagen mit Ketten vor. Das ist irgendwie unheimlich.«

»Aber du könntest zur Straßenecke fahren, und ich hole euch dort ab. Dann bringen wir dich zu Kusine Jane zurück, bevor wir die Hochzeitsreise antreten.«

Bei diesen Worten begannen Beths Augen zu strahlen. Wie hübsch sie ist, dachte Jo. Die Rebellion hat ihr gutgetan, und ich habe gute Arbeit geleistet.

Craig hatte seinen Eltern gesagt, er wolle zehn Tage Urlaub machen, bevor die anstrengenden Wochen begännen, wenn die jungen Lämmer auf die Welt kämen. Sie hatten zugestimmt, wenn auch etwas erstaunt. »Sie werden alles verstehen, wenn sie den Brief finden, den ich in meinem Zimmer hinterlegen werde«, sagte er und versuchte damit sein Gewissen zu beruhigen. Denn es fiel ihm schwer, seine Eltern zu hintergehen, die er sehr liebte. Beth hingegen stand so sehr unter Jos Einfluß, daß sie nichts empfand außer Triumph, gemischt mit der Sorge, ob auch alles klappen werde.

»Vergiß nicht, dich ganz normal zu benehmen«, schärfte Jo ihr ein. »Setz dich einfach aufs Pferd und sag, du willst nur ein wenig ausreiten. Kusine Jane wird bereitstehen.«

»Und deine Eltern? Werden Sie sich nicht über die Pakete wundern? Werden sie dich nicht fragen, warum du nach Avesville fährst?«

»Sicher werden sie sich wundern, aber sie werden keine Fragen stellen. Christine hat Robert und mir immer das Recht zugestanden, Geheimnisse zu haben. Und weil sie mich nie was gefragt hat, habe ich ihr meistens alles erzählt. Adrian kümmert sich genausowenig um mein Privatleben. Es würde ihn nur in Verlegenheit bringen, wenn ich plötzlich anfinge, ihm Geständnisse zu machen.«

Beth sah ein wenig verwirrt drein. Manchmal war es wirklich schwer, Jo zu verstehen.

»Sie ist so anders als wir«, sagte sie zu Lester, als er sie am Abend vor ihrer Hochzeit besuchte und sie nur mühsam das Bedürfnis unterdrückte, sich ihm anzuvertrauen. »Und ihre Eltern sind anders als meine. Sie hat viel mehr Freiheit.«

Er warf ihr einen scharfen Blick zu. »Würdest du dir Eltern wie die Medways wünschen?«

»Ich weiß nicht... Wenn sie mir vertrauen würden – da würde es mir viel schwerer fallen, ihnen etwas zu verheimlichen...« Erschrocken brach sie ab, und seine Augen verengten sich.

»Hör mal, Mädchen, was hat dir diese Jo Medway eingeredet? Ich mache mir schon seit einiger Zeit Gedanken. Diese plötzliche Fügsamkeit, diese Bereitschaft, nach

Christchurch zu gehen, wenn dich noch vor vierzehn Tagen keine zehn Pferde dazu bringen konnten? Komm, sei lieb und sag es Onkel Lester.«

Und so erlitt Jo Medway am Mittwochmorgen einen schweren Schock. Sie hatte ihren Eltern gesagt, sie würde mit Beth einen Ausflug machen, und stand nun wartend vor der Haustür. In ihrem Schlafzimmer hing Beths Kleid bereit, damit sie sich rasch umziehen konnte. Plötzlich fuhr ein fremder Wagen in den Hof, und am Steuer saß Lester Severne. Beth hockte mit gesenktem Kopf neben ihm.

»Verdammt«, sagte Jo, »nun hat er also doch gewonnen.« Wortlos verschwand Beth im Haus und in Jos Schlafzimmer, und Lester ging auf Jo zu.

»Irrtum, Sie haben gewonnen. Warum runzeln Sie denn die Stirn? Sie sehen übrigens sehr hübsch aus, wenn Sie wütend sind.«

Jo suchte verzweifelt nach Worten. Wußte er es, oder wußte er es nicht? Wenn nicht, durfte sie nichts verraten. Wenn ja – was tat er dann hier? »Ich – ich weiß nicht, was Sie meinen«, stammelte sie schließlich.

»Natürlich wissen Sie es. Sie brauchen mich nicht anzulügen. Beth hat mir gesagt, daß sie heute heiraten wird. Los, setzen Sie sich in den Fond meines Wagens. Die Braut muß natürlich vorn sitzen. Und auf Kusine Jane können wir verzichten.«

Sie zögerte noch immer, war sichtlich verwirrt, und er sagte ungeduldig: »Los, beeilen Sie sich, oder wollen wir den armen Craig warten lassen, mit der Heiratslizenz in der schweißnassen Hand?«

Er machte sich tatsächlich lustig über sie, und Jo wußte nicht recht, ob sie erstaunt oder zornig sein sollte. »Soll das heißen, daß Sie mitkommen und die Hochzeit miterleben wollen?«

»Aber sicher. Zumindest *ein* Familienmitglied sollte doch

wohl dabeisein.«

Jo lächelte widerwillig. »Sie haben also nichts dagegen?«

»Doch, und ich habe auch alles versucht, um Beth davon abzuhalten.«

Jos Lächeln erstarb. »Sie stehen also auf der Seite dieser dummen Snobs, die Beth und Craig auseinanderbringen wollen, weil er ihr nicht ebenbürtig ist?«

»Unsinn! Ich will, daß Beth den Mann heiratet, den sie liebt, und ich bin froh, daß sie sich Craig ausgesucht hat, weil er ein prima Kerl ist. Aber es gefällt mir nicht, daß das Ganze so klammheimlich über die Bühne gehen soll.«

»Es geht nicht anders. Ihre Familie würde niemals einwilligen.«

»Ich hätte ihr geholfen. Ich hätte mit ihrem Vater gesprochen.«

Jo sah überrascht zu ihm auf. Das war ein anderer Lester als der arrogante Bursche, für den sie ihn bisher gehalten hatte. »Sie hätten wirklich Beths Partei ergriffen und sich gegen diese schrecklichen Snobs gestellt?«

»Natürlich, und diese schrecklichen Snobs sind zufällig meine Verwandten. Nicht daß ich sie anders einschätze als Sie... Sie sind wirklich Snobs, und das muß man ihnen abgewöhnen. Wenn ich ein bißchen Zeit hätte, würde mir das auch gelingen.«

»Das würden Sie nie schaffen. Im Gegenteil, mit der Zeit werden Sie sich sogar in das Gesellschaftsgefüge von Rangimarie einordnen.«

»Wenn Sie meinen... Ah, da kommt die Braut. Wir müssen unsere Diskussion auf den Heimweg verschieben. Die Braut sieht verändert aus – und sehr verängstigt.«

»Jo, ich mußte es ihm sagen«, begann Beth, »ich konnte nicht anders...«

»Schon gut«, fiel ihr Jo ins Wort. »Nun hast du wenigstens einen Verwandten dabei. Übrigens, ich habe versucht, unsere Pläne vor meiner Familie zu verheimlichen, aber ich glaube, sie ahnen was.«

Und damit hatte sie recht. Christine hatte einen kurzen Blick aus dem Fenster geworfen und sagte dann zu Adrian: »Lester ist da, und Jo streitet mit ihm. Beth ist in seinem Wagen gekommen, nicht auf ihrem Pferd, und jetzt ist sie in Jos Zimmer verschwunden. Nein, schau nicht hinaus! Je weniger wir wissen, desto besser. Ich schlage vor, wir verlassen das Haus durch die Hintertür und machen einen schönen langen Spaziergang.«

»Aber damit drücken wir uns doch vor der Verantwortung.«

»Natürlich, und das ist auch gut so. Sie sind erwachsen. Wenn sie gewollt hätten, daß wir Bescheid wissen, hätten sie uns eingeweiht. Ich persönlich brauche jetzt frische Luft. Gehen wir durch die Küchentür hinaus, dann werden wir Beth nicht in dem weißen Kleid begegnen, das ich auf Jos Bett liegen sah.«

Und so schlüpften sie durch die Küchentür hinaus, und Adrian meinte seufzend, heutzutage hätten Eltern wohl überhaupt nichts mehr zu sagen.

»Doch«, meinte Christine. »Wenn sie sich nicht aufdrängen, werden die Kinderchen immer wieder zu ihnen kommen. Die Eltern müssen nur wissen, wo ihr Platz ist, und unser Platz ist im Moment ganz gewiß nicht hier im Haus.«

Lester und Jo hatten vorerst keine Zeit, ihren Streit fortzusetzen, denn nachdem sie die Hauptstraße erreicht hatten, mußten sie die Ketten abnehmen, Jo erwies sich als tüchtige Assistentin, und als Beth den beiden helfen wollte, sagte ihre Freundin: »Unsinn! Bräute nehmen Ketten nicht ab, sie legen sie an.«

Die Braut legte ihre schmale, kleine Hand auf Lesters Arm, als er wieder am Lenkrad saß. »Ich bin so froh, daß du dabei bist. Wenigstens einer von der Familie … Natürlich hat sich Jo großartig um mich gekümmert. Ohne sie hätte ich das alles nicht geschafft.«

»Das kann ich mir denken«, sagte Lester. »Wann habt ihr denn das Ganze geplant? Und wie habt ihr es geschafft, deine Sachen zu den Medways zu schmuggeln?«

Es war Jo, die seine Fragen beantwortete. »Es fing alles an, als Mr. Holden beschloß, Beth zu ihrer Tante zu schikken. Und dann brachte sie so nach und nach ihre Garderobe in kleinen Paketen in den Laden. Ich habe Bruce gesagt, ich würde die Kleider für Beth in die Reinigung bringen, aber das hat er mir wahrscheinlich nicht geglaubt.«

»Bestimmt nicht. Ich nehme an, das ist die neue Ausstattung für Christchurch?«

»Ja. Es sind so hübsche Sachen, und es wäre doch schade, wenn Beth sie auf ihrer Hochzeitsreise nicht tragen könnte. Übrigens, Beth, du brauchst ein bißchen mehr Make-up. Ich habe dir ein bißchen was von meinen Kosmetiksachen eingepackt, um dir eine glänzende Nase zu ersparen, aber das sind nicht ganz deine Farben. Du mußt dir also in der nächsten größeren Stadt was kaufen. Ich habe eine Liste von den Sachen gemacht, die du brauchst.«

»O Jo, du denkst wirklich an alles. Ohne dich hätte ich nicht durchgehalten – und ohne Lester auch nicht. Heute morgen war ich schon drauf und dran, meinen Eltern alles zu sagen, aber da erklärte Lester, er würde mit mir eine Spazierfahrt machen und er wüßte noch nicht, wann wir zurückkämen. Damit gaben sie sich zufrieden. Ich kam mir schrecklich schäbig vor, und im letzten Augenblick wäre ich beinahe zusammengebrochen und hätte es Mutter doch noch erzählt. Aber da sagte Vater: ›Ja, nimm sie mit. Wenn sie in deiner Obhut ist, kann sie wenigstens keine Dummheiten machen.‹ Da wurde ich so wütend, daß ich doch den Mund hielt.«

»Und was ist mit dem armen Vetter Lester, der deine Eltern ja schließlich auch hintergeht?« fragte er.

»Er muß sich miserabel fühlen«, sagte Jo, »und deshalb ist seine selbstlose Tat um so höher einzuschätzen.«

»Glauben Sie ja nicht, daß Sie meinen Segen haben! Ich bin nicht so skrupellos wie Sie. Ich komme mit, weil Beth meine Kusine ist und ich sie in dieser bedeutsamen Stunde nicht im Stich lassen will.«

»Der Protest wird zur Kenntnis genommen«, erwiderte Jo. »Und wenn Sie nach Rangimarie zurückfahren und Beths Eltern und der alten Dame erzählen, daß Sie bei Beths Hochzeit waren, wird es Ihnen sicher helfen, daß Sie nur unter Protest als Trauzeuge fungiert haben.«

»Sie machen mir richtig Angst«, sagte Lester mit entnervendem Grinsen. »Und wenn Sie jetzt nicht den Mund halten, lenke ich den Wagen über diese Böschung, und dann wird doch nichts aus der Hochzeit.«

»An Ihrer Stelle wäre mir ein kleiner Unfall noch lieber als der Zorn der Familie Holden.« Doch dann fügte sie mit ernster Stimme hinzu: »Trotz allem – es war sehr nett von Ihnen, daß Sie gekommen sind.«

»Ersparen Sie mir eine Dankesrede! Ich kam, weil ich kommen mußte. Wenn man den Feind nicht besiegen kann, muß man sich auf seine Seite schlagen – und so weiter. Und jetzt wollen wir endlich still sein und uns innerlich auf den feierlichen Augenblick vorbereiten.«

Jo lachte und dachte, daß sie Lester wirklich falsch beurteilt hatte.

Sie fuhren rasch dahin, und die Braut wurde immer nervöser, was sich in gelegentlichen tiefen Seufzern äußerte. Lester legte immer wieder beruhigend eine Hand auf ihren Arm, und einmal sagte er: »Kopf hoch, Kleines! Deine Eltern werden schon zur Vernunft kommen. Spätestens in drei Monaten werden sie herausgefunden haben, was für ein großartiger Brusche Craig ist, und froh sein, daß du ihn geheiratet hast.«

»Aber bis es erst einmal soweit ist, Lester... Und diese schreckliche Lage, in die ich dich gebracht habe...«

»So schlimm ist es nun auch wieder nicht. Die Leute in Rangimarie haben alle großes Mitleid mit mir, weil meine Eltern in die Stadt ziehen und ich ganz allein in dem großen Haus leben und die Farm bewirtschaften muß, also werden sie nicht allzu hart mit mir ins Gericht gehen. Natürlich wird es zuerst einigen Wirbel geben, aber damit werde ich schon fertig, und ich werde auch deine Sachen aus dem Haus holen.«

»Nein, das mache ich«, mischte sich Jo ein. »Ich habe Beth versprochen, ihre Sachen zu holen, und ich will den Holdens auch sagen, daß meine Familie nichts mit der ganzen Sache zu tun hatte. Ich werde mein Geständnis machen, aber nicht um Gnade flehen.«

Lester riet ihr, erst ein paar Tage verstreichen zu lassen, damit sich die Familie von dem Schock erholen konnte. Jo lachte. »Mir ist es egal, was sie denken oder sagen. Werden sie mir die Tür vor der Nase zuschlagen oder mich in eisigem Schweigen empfangen?«

»Weder noch. Seien Sie nicht so dramatisch! Natürlich werden sie wütend sein, und das haben Sie auch verdient.«

7

Craig stand, wie Lester vorausgesagt hatte, auf den Stufen vor dem Standesamt und umklammerte nervös die Heiratslizenz. Jo sah belustigt, wie sein Kiefer herunterklappte, als er sah, wer am Steuer des Wagens saß. Doch dann sagte er einigermaßen gefaßt: »Nett, daß du gekommen bist, Lester«, nahm Beths zitternden Arm und führte sie fürsorglich die Treppe hinauf, als wäre sie eine gebrechliche alte Dame und keine junge Braut auf dem Weg zum Standesbeamten.

Jo begrüßte ihn hastig und fragte: »Hat man dich nicht gefragt, warum eure Eltern nicht hier sind?«

»Nein, der Beamte ist neu hier, und er kennt uns nicht, dem Himmel sei Dank. Ich bin so froh, daß Lester da ist.«

»Du warst ziemlich erstaunt, als du ihn gesehen hast. Ich dachte, du kennst ihn so gut, also dürfte es dich doch gar nicht so überraschen, daß er euer Trauzeuge sein will.«

»Natürlich kenne ich ihn gut, aber ich hätte nicht gedacht, daß er so aktiv in Erscheinung treten würde.«

Lester hatte zugehört und bemerkte trocken: »Ich mußte mich doch vergewissern, daß sie den Richtigen heiratet – und nun sehe ich, daß sie genau das tut.«

Inzwischen hatten sie die kleine Amtsstube betreten. Lester kannte den Standesbeamten, und das vereinfachte die Sache, denn der Mann fragte nicht, warum die Hochzeit so heimlich, still und leise über die Bühne ging. Beth hatte zu zittern aufgehört, weil Craigs starker Arm sie stützte, aber als die bedeutsamen Worte gesprochen wurden, stiegen ihr Tränen in die Augen. Jo gab ihr einen aufmunternden Rippenstoß und flüsterte: »Reiß dich zusammen! Jetzt hast du's ja bald hinter dir.«

Dann schüttelten sie dem Beamten die Hände, nahmen seine Glückwünsche entgegen und fuhren zu dem Hotel, wo eine bescheidene Feier stattfinden sollte.

Seit sie in der Stadt angekommen waren, beobachtete Jo immer wieder erstaunt, wie herzlich Lester von allen Seiten begrüßt wurde. Und als sie in das Hotel gingen, blieb er mehrmals stehen, um Bekannte nach ihren Farmen oder preisgekrönten Hunden zu fragen. Er war offenbar sehr beliebt in Avesville, und später erfuhr sie, daß er sowohl im

Kricket- als auch im Fußballteam mitspielte, seit sich Eldado keine eigenen Mannschaften mehr leisten konnte, und die ganze Stadt hatte ihn ins Herz geschlossen.

Jo ärgerte sich ein wenig, weil er ihr sozusagen die Schau stahl. Diese Hochzeit war ihr Werk gewesen. Sie hatte alles geplant, alle Vorbereitungen getroffen, die Braut immer wieder ermutigt, und nun stand Lester im Mittelpunkt des Interesses.

Aber auch in diesem Punkt unterschätzte sie ihn, denn als sie an dem Tisch saßen, den Craig hatte reservieren lassen, hielt Lester eine kurze Rede, in der er auch Jos Verdienste würdigte. Es war eine fröhliche kleine Party, trotz Beths gelegentlichen Klagen, wie schlimm es doch sei, daß sie ihre Eltern hintergangen hatte. Das erstemal sagte Jo: »Sei kein Idiot, Beth!« Das zweitemal bat Craig: »Denk nicht mehr daran, Liebling.« Und das drittemal meinte Lester: »Mrs. Trent, du hast einen wundervollen Ehemann, also vergiß deine Eltern, wenigstens bis nach den Flitterwochen.« Wenn Beth danach noch Anwandlungen von schlechtem Gewissen hatte, so wagte sie es zumindest nicht mehr, davon zu sprechen.

»Schade, daß wir kein Konfetti haben«, sagte Jo, als sie neben dem Wagen des jungen Paares standen. »Aber ich dachte, das würde zuviel Aufmerksamkeit erregen. Außerdem kriegt man das Zeug so schwer wieder aus den Haaren raus. Vergiß nicht, Kosmetika zu kaufen, Beth! Meine Farben stehen dir nicht.«

Lester sah sie an, ein bißchen erstaunt über diesen nüchternen Abschied. Hatte sie denn überhaupt keine Gefühle? Beth schwankte zwischen Tränen und Lächeln, aber bei Jo könnte man glauben, sie verabschiedete sich von einer Freundin, die nur einen Wochenendurlaub am Meer machte. Lester beugte sich zu Beth hinab und küßte sie liebevoll, Jo winkte ihr nur lässig zu. Aber als sie Craigs

Hand schüttelte, hörte Lester sie sagen: »Sei gut zu ihr! Sie ist so verletzlich, und sie hatte bisher nicht viel Freude am Leben.« Vielleicht hatte dieses kühle, selbstbewußte Mädchen doch irgendwo ein Herz.

Als das Auto hinter der nächsten Kurve verschwunden war, sahen sie einander an, und Jo lachte ein bißchen gezwungen. »Fahren wir nach Hause!« Sie stieg hastig in seinen Wagen, aber nicht, bevor er die Tränen in ihren großen braunen Augen gesehen hatte.

»Na, na!« sagte er, als er neben ihr saß. »Kommt die Reaktion jetzt doch noch?«

Sie schneuzte sich lautstark. »Was für häßliche Geräusche wir doch machen, wenn wir gerührt sind! Ich gebe zu, ich hatte während der ganzen Zeremonie einen Klumpen im Hals, und bei Ihrer Rede auch. Und als sie davonfuhr in ihr neues Leben, wie mein Vater es ausdrücken würde, wäre ich beinahe übergelaufen. Sie ist so jung – und sie hätte sich eine schönere Hochzeit verdient.«

»Ich dachte, Sie hätten das Fest in vollen Zügen genossen.«

»Das habe ich auch – in gewisser Weise. Es war lustig, all diese dummen Snobs auszutricksen, und eine heimliche Hochzeit macht ja auch wirklich Spaß, vorausgesetzt, die Braut bekommt nicht schon am nächsten Tag Zwillinge. Aber es ist schlimm, daß Beth ihre Familie so hintergehen mußte, ausgerechnet an dem Tag, der der glücklichste in ihrem Leben sein sollte. Ich bin so froh, daß Sie gekommen sind. So war wenigstens einer ihrer Verwandten dabei.«

»Ich billige dieses Täuschungsmanöver nach wie vor nicht. Aber ich dachte, es wäre besser, wenn ich mich auch daran beteilige.«

»Ich hoffe, Sie werden nicht versuchen, mich zu beschützen. Ich bin den Leuten von Rangimarie durchaus gewachsen.«

»Daran zweifle ich nicht, aber gehen Sie nicht zu hart mit meiner Verwandtschaft um.«

Sie lachten beide, und eine Freundschaft nahm ihren Anfang. Als sie in »Gipfelkreuz« ankamen, fragte Christine nach einer beiläufigen Begrüßung, ob Jo vielleicht daran gedacht habe, daß ihnen die Zwiebeln ausgegangen waren. Aber als sie dann mit Adrian allein war, sagte sie: »Das ist endlich mal ein junger Mann, der es mit unserer Jo aufnehmen kann.«

Adrian meinte, seine Frau habe sich in dieser Hinsicht schon so oft falsche Hoffnungen gemacht, daß er es erst glauben werde, wenn er es sehe. Und ob sie wisse, was sie heute morgen mit Beth angestellt hätten? Christine antwortete lächelnd: »Ich habe da so eine Ahnung, aber ich weiß nichts Bestimmtes. Doch sobald ich klarsehe, werde ich dich sofort informieren.«

Jo sagte noch immer nichts. Sie hatte auch keine Gelegenheit dazu, denn Sheikh, traurig, weil sie ihn am Vormittag nicht mitgenommen hatte, warf sie fast um bei der stürmischen Begrüßung. Im gleichen Augenblick klingelte das Telefon. »Chris, geh bitte ran! Ich kann nicht den Hörer halten und gleichzeitig dieses Monstrum abwimmeln!«

»Was ist denn los?« Adrian kam aus seinem Arbeitszimmer und hob die Brauen. »Ah, da bist du ja, und das schlechte Gewissen steht dir ins Gesicht geschrieben. Was hast du denn angestellt?«

»Ich habe dem armen Sheikh nicht erlaubt, an einer Hochzeitsfeier teilzunehmen«, antwortete sie, und Adrian fragte, ob denn nun die ganze Welt und Jo im besonderen verrückt geworden sei.

In diesem Augenblick kam Christine zurück und warf ihrer Tochter einen ernsten Blick zu. »Das war Caroline Trent. Sie hat Craigs Brief gefunden. Ich hatte mir schon gedacht, daß ihr so was Ähnliches vorhattet. Nun, wenigstens ist Beth glücklich, und das ist immerhin etwas. Aber du hast dich sehr unbeliebt gemacht, was dich allerdings nicht stören dürfte.«

Jo lachte. »Weil du eine perfekte Mutter bist, werde ich dir alles erzählen.« Das tat sie auch und schloß mit den Worten: »Wir wollten euch nicht hineinziehen, und Craig hatte ein sehr schlechtes Gewissen, weil er seine Familie hinterging. Aber die Trents werden es sicher besser aufnehmen als die Holdens.«

»Caroline ist schon jetzt nicht mehr böse. Aber was für eine Rolle hat Lester Severne bei dieser Verschwörung gespielt?«

»Beth konnte der Versuchung nicht widerstehen, ihm alles zu erzählen, obwohl ich ihr das verboten hatte. Aber sie liebt ihn wie einen Bruder, und sie brachte es nicht übers Herz, ihn zu beschwindeln.«

»Und er war mit allem einverstanden? Erstaunlich!«

»Er tat sein Bestes, um unseren Plan zu vereiteln, aber das konnte er nicht, und so gab er sich geschlagen. Das war gut so, denn er hat gewissermaßen als Vertretung der Familie an der Zeremonie teilgenommen, und das war eine große Beruhigung für Beth.«

»Ein netter Junge. Ich habe ihn schon immer gemocht«, sagte Adrian. »Und Caroline war wirklich nicht wütend?«

»Sie war sehr vernünftig«, berichtete Christine. »Die Trents sehen ein, daß das die einzige Möglichkeit für die jungen Leute war, und sie sind auch nicht gekränkt. Ein modernes Elternpaar, an dem du deine helle Freude haben kannst, Jo.« Sie räusperte sich und fügte dann trocken hinzu: »Caroline hat sich nur eine einzige sentimentale Bemerkung gestattet. ›Natürlich wären wir gern dabei gewesen, wenn unser einziges Kind heiratet.‹«

»Seid ihr gekränkt, weil wir euch nichts gesagt haben?«

»Kein bißchen. Auf diese Weise trifft uns wenigstens

keine Schuld.«

»Wir wollten mit Kusine Jane nach Avesville fahren, dann wäre nicht einmal euer Auto an dem Täuschungsmanöver beteiligt gewesen. Nobel von uns, nicht wahr?«

Am nächsten Morgen kam Lester vorbei. Er sagte, er sei auf dem Weg nach Avesville, um sich ein paar Lämmer anzusehen, und wolle nur kurz hereinschauen. Er gab sich heiter und gelassen, eine Haltung, die Jo trotz intensiver Bemühung nicht gelang. »Nun, wie war's?« stieß sie hervor.

»Wie Sie sehen, lebe ich noch. Man stellte mir die ganz natürliche angstvolle Frage: ›Wo ist unsere Tochter?‹«

»Und? So lassen Sie sich doch nicht jedes einzelne Wort aus der Nase ziehen!«

»Hetzen Sie mich nicht! Sie waren natürlich nicht begeistert, als ich ihnen erzählte, daß Beth mit Craig Trent verheiratet und auf Hochzeitsreise sei. Als die Aufregung abebbte und ich wieder zu Wort kam, sagte ich: ›Leider erfuhr ich es erst heute morgen. Ich versuchte es ihr auszureden, aber das schaffte ich nicht, und so begleitete ich sie aufs Standesamt. Einer von der Familie mußte ja dabeisein. Jo Medway und ich waren die Trauzeugen, und danach gab's eine kleine Feier im Hotel, und danach fuhr das junge Paar in die Flitterwochen.«

»Waren sie da schon bewußtlos oder nur wütend?«

»Tante Cynthia zeigte gewisse Anzeichen von Schwäche, aber meine Großmutter erklärte ihr mit unnachgiebiger Strenge, dies sei nicht der richtige Zeitpunkt, um hysterisch zu werden oder in Ohnmacht zu fallen. Sie wollte Einzelheiten hören, und die erzählte ich ihr, auch jenes schreckliche Detail, daß das junge Paar im Arbeiterquartier wohnen wolle, bis das Haus fertig sei. Das war der härteste Schlag.«

»Haben Sie auch erzählt, daß wir diesen Plan schon geschmiedet haben, als Beths Vater drohte, er würde sie zu

Tante Jessica schicken? Daß ich in meinem Zimmer die Kleider versteckte, die Beth für Christchurch bekommen hatte, damit sie sie auf der Hochzeitsreise tragen kann?«

»Die schäbigen Einzelheiten habe ich ihnen erspart. Sie werden mit der Zeit schon herausfinden, was alles verschwunden ist.«

»Man braucht sie ja wohl nicht darauf hinzuweisen, wer an allem schuld ist.«

»Das werden sie nie einsehen.«

»Sie geben also mir und Beth die Schuld? Was haben sie denn über mich gesagt?«

Er lachte. »Das überlasse ich Ihrer Phantasie. Und was mich betrifft, so will ich Onkel James zitieren. ›Du hättest wie ein Mann zu mir kommen und mir alles sagen müssen.‹ «

»Dann wären Sie ja ein Verräter gewesen. Hat der Mann überhaupt kein Ehrgefühl?«

»Doch, aber keinen Sinn für Humor. Sie werden eine Weile schmollen, aber spätestens in einem Jahr haben sie den ganzen Ärger vergessen und werden stolz auf Craigs Tüchtigkeit sein. Lassen Sie ihnen nur ein bißchen Zeit.«

»Ich hasse diese Einstellung. Sie ist engstirnig und selbstsüchtig.«

»Vielleicht, aber sie sind eben nicht an Rebellion gewöhnt. Wir anderen haben es auf die stille Art gemacht, sind weggegangen, ohne Aufsehen zu erregen. Mit Ihrer Mithilfe hat Beth eine spektakulärere Methode angewandt.«

»Natürlich bin ich jetzt der Sündenbock.«

»Klar. Es wäre weniger aufregend verlaufen, wenn Beth einfach darauf bestanden hätte, ihre Verlobung bekanntzugeben und nicht zu ihrer Tante zu fahren. Irgendwann hätten sie eingewilligt, und es wäre nicht zum Bruch gekommen. Aber es ist Ihnen gelungen, die Dinge zu komplizieren.«

»So ist es recht! Schlagen Sie sich auf die Seite des Feindes!

Und gestern waren Sie so nett.«

»Gestern brauchten Sie Hilfe. Heute brauchen Sie die Wahrheit, und Sie können sie auch vertragen.«

Ihre Wangen hatten sich gerötet, ihre Augen blitzten wütend. Doch dann lächelte sie plötzlich. »Ach, Unsinn... Sie haben das Donnerwetter über sich ergehen lassen und einen Großteil der Schuld auf sich genommen, und jetzt mache ich Ihnen auch noch Vorwürfe. Ich werde zu ihnen gehen und sagen, daß alles mein Werk war.«

Wenn sie erwartet hatte, daß er ihr Beifall spenden würde, so sah sie sich getäuscht. Er zuckte nur mit den Schultern und sagte: »Wenn Sie sich unbedingt die Finger verbrennen wollen, tun Sie's. Aber warten Sie ein oder zwei Tage, bis sie sich halbwegs beruhigt haben. Ich werde ihnen sagen, sie sollen die Folterwerkzeuge bereithalten, das wird die Prozedur verkürzen.«

»Wie hat es Ihre Großmutter aufgenommen? Übrigens, sie ist ja gar nicht wirklich Ihre Großmutter, sondern die Mutter Ihres Onkels. Aber es ist wohl einfacher, sie Großmutter zu nennen.«

»Wir könnten natürlich Ihrem Beispiel folgen und sie beim Vornamen anreden. Sie heißt übrigens Victoria. Aber da wir schon davon sprechen – sind Sie es nicht langsam leid, einen ständig daran zu erinnern, daß Sie Ihre Eltern mit den Vornamen anreden? Und wäre es manchmal nicht einfacher, Mutter und Vater zu sagen?«

»Welch sanfte Ironie! Ich habe sie immer Adrian und Christine genannt, und meinem Vater gefällt das. Mutter läßt es schweigend über sich ergehen, wie so vieles andere. Aber um auf das Thema zurückzukommen, was hat Ihre Großmutter, die gar nicht Ihre Großmutter ist, gesagt?«

»Was haben Sie denn erwartet? Sie gab ein paar ätzende Bemerkungen über die junge Generation von sich und machte mir Vorwürfe, weil ich ihnen nicht die Chance gegeben hätte, eine Einladung zur Hochzeit abzulehnen. Dann lachte sie boshaft und sagte: ›Alles deine Schuld, James. Du konntest oder wolltest die Tatsache nicht akzeptieren, daß deine Tochter in die zweite Hälfte des zwanzigsten Jahrhunderts gehört und sich weigert, gesellschaftliche Unterschiede zu akzeptieren, die für uns selbstverständlich sind. Du hättest das Unvermeidliche mit Anstand hinnehmen müssen. Ich werde das jedenfalls tun und dem Mädchen als Hochzeitsgeschenk einen Scheck schicken. Ihr Widerstandsgeist gefällt mir, aber den hat sie wohl nur dieser frechen Josephine Medway zu verdanken.‹«

Sie lachten beide, und dann sagte Jo: »Mit Geld können sie Beth nicht zurückkaufen. Mrs. Holden hätte ihr schon vor einem Monat Geld geben und sagen sollen: ›Da hast du, und jetzt lauf um dein Leben und heirate deinen jungen Mann!‹«

»Seien Sie fair! Großmutter hält immer treu zu ihrer Familie, auch wenn sie glaubt, daß letztere im Unrecht ist. Aber wenn etwas nicht mehr rückgängig gemacht werden kann, dann ist sie bereit, es zu akzeptieren.«

»Aber sie müssen es doch alle akzeptieren, wenn sie halbwegs vernünftig sind.«

Er seufzte. »Muß ich Sie eigentlich andauernd daran erinnern, daß Sie von meiner Familie sprechen? Das ist keine Frage des Verstandes, sondern gewisser Emotionen und alter Vorurteile.«

»Danke für die Belehrung. Ich hoffe, ich trage meine Emotionen nicht auch so auf dem Präsentierteller vor mir her.«

»Nein, dazu sind Sie viel zu modern, in Gefühls- wie auch in anderen Dingen.«

»Damit meinen Sie zweifellos Manieren und Moralbegriffe, und das zwingt mich zu den kühnen Worten: ›Kümmern Sie sich um Ihre eigenen verdammten Angelegenheiten!‹«

»Gestern waren Sie froh, daß ich das nicht getan habe.« Doch dann lächelte er begütigend. »Heute leiden Sie wohl noch ein bißchen an den Nachwehen und sind wütend auf die ganze Welt. Wollen Sie nicht an was anderes denken? Kommen Sie doch mit mir! Ich muß nach Avesville fahren, und Sie könnten mir helfen, die Wagenketten abzumachen – so wie gestern. Los, holen Sie Ihren Mantel, und kommen Sie mit hinaus in die frische Winterluft. Die wird Sie schon von Ihrer schlechten Laune kurieren. Informieren Sie Ihre Familie, wenn Sie ausgehen, oder ist das hoffnungslos altmodisch?«

Sie mußte lachen, lief ins Haus und rief: »Chris, Lester Severne ist da! Er hat mir von der Schlacht gestern abend erzählt, und jetzt will er es dir auch erzählen!« Als er ihr folgte, fügte sie hinzu: »Nun reicht er mir den Ölzweig zum Zeichen des Friedens. Er will mich nach Avesville mitnehmen und mir ein paar Lämmer zeigen, von denen ich ohnehin nichts verstehe. Aber seine Absichten sind jedenfalls höchst ehrenwert.«

Christine lächelte nachsichtig. »Wie diese jungen Dinger heutzutage reden! Und nun erzählen Sie mir, wie die Familie die stille Hochzeit verkraftet hat.«

Als Lester seinen Bericht beendet hatte, dachte sie: Dieser junge Mann hat was – nicht nur Charme, sondern auch Charakter. Genau die Sorte von Problem, mit dem sich Jo gern herumschlägt... O Gott, ich wünsche ihr so sehr, daß sie ein solches Problem endlich einmal zu ihrer vollen Zufriedenheit löst...

Und dann wandte sie sich lächelnd an Lester und sagte: »Es war sicher ein harter Schlag für die Holdens. Natürlich, sie haben Fehler gemacht und viel aufs Spiel gesetzt. Aber vielleicht sind sie sogar froh, daß die Sache so ausgegangen ist. Es ist nur traurig, daß Beths Eltern nicht dabei waren, als ihre einzige Tochter geheiratet hat. Sie tun mir sehr leid.«

»Das ist ein Standpunkt, den Ihre Tochter sicher nicht akzeptiert.«

»Natürlich nicht. Sie ist jederzeit bereit, ihre Eltern zu kritisieren.«

»Ich weiß. Übrigens bin ich Ihrer Meinung, wenn Sie sagen, daß die Familie Fehler gemacht hat, aber es war trotzdem sehr hart für sie. Zur Zeit bin ich nicht sehr beliebt im Hause Holden, aber was hätte ich denn sonst tun sollen?«

»Sie haben genau das Richtige getan. Zwei Mädchen allein in Kusine Jane – das hätte sicher Ärger gegeben.«

»Wie wahr! Übrigens habe ich Ihrer Tochter davon abgeraten, Beths Eltern schon heute zu besuchen...«

In diesem Augenblick kam Jo herein. Sie hatte die letzten Worte gehört. »Irgendwann gehe ich auf jeden Fall hin. Wir müssen uns ja mal aussprechen, und außerdem muß ich Beths Sachen holen, damit ich die Hütte einigermaßen gemütlich herrichten kann. Ich weiß, Craig leidet sehr darunter, daß Beth die erste Zeit in einem so bescheidenen Rahmen leben muß.«

»Darüber brauchen Sie sich keine Sorgen zu machen«, sagte Lester. »Mr. Trent hat die Hütte immer in Ordnung gehalten, aber wenn es trotzdem viel zu tun gibt, würde ich Ihnen gern helfen. Falls ich nicht im Weg bin...«

»Das sind Sie bestimmt nicht, ich steige nämlich nur höchst ungern auf Leitern. Sie können alles übernehmen, was außerhalb meiner Reichweite liegt. Ich rufe Sie an, wenn es losgeht.«

»Einverstanden. So, und jetzt fahren wir zu den Lämmern. Es wird Ihrer Seele guttun, den gestrigen Tag für eine Weile zu vergessen.«

Jo trug einen Pelzmantel und sah sehr hübsch aus. Christine kannte das Strahlen in den braunen Augen ihrer Tochter. Sie hatte es schon ein paarmal gesehen, wenn Jo einen jungen Mann kennengelernt hatte, und sie seufzte tief auf. Adrian kam in die Küche und fragte: »Was hat das Mädchen denn jetzt wieder vor?«

»Sie fahren nach Avesville, und ich hoffe, daß Jo diesmal an die Zwiebeln denkt.«

Im Auto begannen sie wieder zu streiten, denn Lester war entschlossen, diesem Mädchen zu zeigen, daß er auf der Seite seiner Familie stand, was immer diese auch falsch gemacht hatte. Schließlich beklagte sich Jo, daß er ständig auf ihr herumhacke, und er sagte: »Sie haben recht. Wir wollen Frieden schließen. Denken Sie von meinen Leuten, was Sie wollen, sagen Sie es in Eldado und bei Ihnen daheim, aber verschonen Sie bitte mich mit Ihrer Meinung.«

Jo seufzte. »Schon gut, ich werde mich in Zukunft zusammenreißen.«

»So anstrengend wird es schon nicht sein. Sie brauchen nur die einfachsten Regeln der Höflichkeit zu beachten, wenn es um meine Eltern oder die Holdens geht. Sonst können Sie sagen, was Sie wollen.«

Sie versank daraufhin in Schweigen, aber es schien ihn nicht zu stören; er redete von Beth und Craig, von landwirtschaftlichen Problemen, besonders von den Schwierigkeiten auf seiner Farm. Bald hatte Jo vergessen, daß sie eigentlich beleidigt sein wollte. Sie interessierte sehr, was er von seiner Farm zu erzählen hatte, denn sie dachte dabei an ihren Bruder und die viele Arbeit, die noch vor ihm lag.

Plötzlich fragte sie: »Macht es Ihnen eigentlich sehr viel aus, daß Sie jetzt hier festsitzen?«

»Ich werde nicht für immer in Rangimarie bleiben. Wenn die Farm wieder in Ordnung ist und gute Erträge bringt, wollen meine Eltern sie verkaufen und von ihrem Vermögen leben.«

»Und was werden Sie dann tun?«

»Ich kaufe mir eine eigene Farm. Als ich fünfundzwanzig

war, habe ich eine Erbschaft gemacht, und deshalb kann ich mir das leisten... Hier ist die Farm, wo wir uns die Lämmer ansehen werden. Wir fahren direkt in den Hof.«

»Ich verstehe überhaupt nichts von Lämmern.«

»Dann wird es Zeit, daß Sie's lernen. Sie würden Robert oder vielleicht sogar dem Burschen, den Sie mal heiraten, eine große Hilfe sein.«

Als sie nach Hause fuhren, war das Eis zwischen ihnen endgültig gebrochen, und Jo sagte beim Abschied: »Danke, daß Sie mich mitgenommen und auf andere Gedanken gebracht haben. Danke für alles...« Dann wandte sie sich abrupt ab und lief ins Haus.

»Jetzt siehst du wieder wie du selbst aus«, meinte ihr Vater und fragte dann indiskreterweise: »Warum hast du den jungen Severne denn nicht zu einem Drink eingeladen?«

»Wahrscheinlich hätte er ohnehin keine Zeit gehabt«, sagte sie betont gleichmütig.

»Ein netter Junge. Der netteste in dieser Gegend, abgesehen von Craig. Ganz anders als seine Familie und...« In diesem Moment begegnete er dem Blick seiner Frau und brach ab. Bald darauf kehrte er in sein Arbeitszimmer zurück und flüsterte mürrisch vor sich hin: »Was habe ich denn jetzt schon wieder Falsches gesagt? Ich habe doch nur gemeint, daß mir der Junge gefällt...«

8

Lester hatte recht, als er meinte, es gäbe nicht viel zu tun in Beths provisorischem neuen Heim. Die Hütte war in bester Ordnung, denn die Frau des Schäfers, der zuletzt hier gewohnt hatte, war eine fanatische Hausfrau gewesen. Natürlich hingen in machen Ecken Spinnweben, und auf dem Boden lag eine Staubschicht, aber Jo rückte dem Schmutz mit Mrs. Trents Hilfe wirksam zu Leibe. Sie arbeiteten fröhlich zusammen, und Caroline Trent bewunderte immer wieder die praktische Veranlagung Jos, der sie keinerlei häusliche Fähigkeiten zugetraut hatte. Lester kam für zwei ganze Tage in die Hütte und erledigte alle gröberen Arbeiten. Unter anderem hob er auch eine Müllgrube aus. Jo starrte mit gerötetem Gesicht und Spinnweben im Haar in das dunkle Loch hinab, das ihr bodenlos erschien, und rief lachend: »Da müssen ja ganze Geschlechter kommen und gehen, bis diese Grube voll wird.« Aber Mrs. Trent erklärte ihr, es sei eines der absoluten Gesetze, die ihr Mann aufgestellt hatte, Müll stets möglichst tief zu vergraben und ihn nicht in ekelerregenden Haufen liegen und verfaulen zu lassen.

Lester besserte auch die Dachrinne aus, und es war Mrs. Trent und nicht Jo, die ihm dabei die Leiter hielt. Jo entschuldigte sich und erklärte, sie sei unbrauchbar, wenn es um Leitern gehe, denn die würden ihr eine Heidenangst einjagen. »Ich bin nämlich einmal von einer Leiter gefallen, als ich zehn war.«

Lester hatte sie noch nie zuvor so anziehend gefunden. Er mochte ihren praktischen Verstand, ihre Bereitschaft, auch anstrengende Arbeit zu tun, ihre Entschlossenheit, ein gemütliches Heim für Beth zu schaffen. Er mochte auch ihre Natürlichkeit, ihren nie versiegenden Sinn für Humor.

Dieser Sinn für Humor half ihr auch, den Besuch bei den Holdens zu überstehen. Offiziell kam sie, um Beths Sachen zu holen, in Wirklichkeit jedoch, um zu erklären, daß ihre Eltern und ihr Bruder nichts von der heimlichen Hochzeit gewußt hatten. Die Begegnung verlief etwas enttäuschend, ohne die Dramatik, die Jo erwartet und auf die Sie sich gefreut hatte. Natürlich wurde sie nicht herzlich willkommen geheißen, aber man brachte ihr auch nicht die offene Feindseligkeit entgegen, mit der sie gerechnet hatte. James Holden trat überhaupt nicht in Erscheinung, seine Frau legte kühle Höflichkeit an den Tag, verschwand dann, um Beths Koffer zu holen, und ließ Jo mit der alten Dame allein. Victoria Holden sagte mit entwaffnender Offenheit: »Ich weiß es zu schätzen, daß Sie den Mut haben hierherzukommen, Mädchen. Sie müssen doch wissen, was wir von Ihnen halten.«

»Ich weiß, aber ich wollte Ihnen sagen, daß meine Eltern nichts damit zu tun haben.«

»Das haben wir uns gedacht. Sie sind auf eigene Faust vorgegangen, haben sich eingemischt in Dinge, die Sie nichts angehen, haben Beth dazu verleitet, ihre Familie zu hintergehen und dieses unnötige Täuschungsmanöver durchzuführen.«

»Unnötig? Wo sie doch nach Christchurch geschickt werden sollte...«

»Unsinn! Sie hätte sich doch nur dagegen zu wehren brauchen. Man kann ein Mädchen von fast zwanzig nicht gegen seinen Willen irgendwohin schicken.«

»Aber sie hatte nicht genug Rückgrat, sich dagegen aufzulehnen. Sie ist doch immer herumkommandiert worden.«

»Weil sie einen dazu herausgefordert hat. Sie ist ein reizendes Kind, aber sie hat soviel Mut wie eine kleine Maus.«

»Aber sie war immerhin entschlossen, Craig zu heiraten, unter allen Umständen. Wozu dann das ganze Theater? Es war einfach zu dumm.«

»Da bin ich ganz Ihrer Meinung – vor allem diese heimliche Hochzeit. Es überrascht mich, daß Lester sich dazu hergegeben hat. Sie scheinen eine bemerkenswerte Überredungskunst zu besitzen, Mädchen.«

»Ich habe ihn nicht dazu überredet. Ich war selbst ganz

erstaunt, als er am Hochzeitsmorgen bei uns auftauchte.«

»Er hat es leichter für Beth gemacht und schwerer für sich selbst. Typisch. Er ist schon immer seinen eigenen Weg gegangen. Nun ja, was geschehen ist, ist geschehen, und ich werde warten müssen, bis sich die Familie dazu herabläßt, mit mir die junge Ehefrau aufzusuchen.«

»Kommen Sie doch mit mir. Ich kann Sie in Kusine Jane mitnehmen.«

Darüber lachten sie beide, als Cynthia mit der Mitteilung zurückkehrte, ihr Mann habe Beths Sachen in Jos Auto gepackt. Ihre Stimme zitterte ein wenig, als sie das berichtete, und das gab Jo den Mut zu sagen: »Mrs. Holden, ich bin nicht nur gekommen, um Beths Habseligkeiten abzuholen. Ich wollte Ihnen versichern, daß meine Eltern und Robert nichts von der heimlichen Hochzeit wußten. Das war ganz allein mein Werk.« Als sie den Kummer in den Augen der blassen Frau las, fügte sie hastig hinzu: »Sie war sehr unglücklich und sagte immer wieder: ›Wenn Mutter doch hier wäre...‹«

Danach verabschiedete sie sich rasch von der alten Mrs. Holden und ging mit der jüngeren Frau hinaus zum Auto, in dem Sheikh saß und noch leise knurrte, nachdem ein nervöser Mr. Holden die Koffer gebracht hatte und gleich wieder davongerannt war. »O Gott«, sagte Jo. »Sheikh hatte ich ganz vergessen. Hoffentlich hat sich Mr. Holden nicht zu sehr aufgeregt. Der Hund kann es nämlich nicht leiden, wenn Fremde zum Wagen kommen.« Dann setzte sie sich zwischen Koffern und Reisetaschen ans Steuer und wandte sich noch einmal an Cynthia Holden. »Bitte, besuchen Sie Beth bald! Sie kann es kaum erwarten, Ihnen ihr lustiges kleines Haus zu zeigen, und das neue größere Haus wird auch bald fertig sein.«

Als sie davongefahren war, blickte Cynthia ihr seufzend nach. Jo war so schön und willensstark – wie hätte sich die kleine Beth gegen die Pläne ihrer Freundin auflehnen sollen? Dieser Gedanke tröstete Cynthia Holden ein wenig.

»Den alten Holden habe ich gar nicht gesehen«, erzählte Jo ihrer Mutter. »Er hatte sicher schreckliche Angst, als er die Koffer zu Sheikh ins Auto packen mußte. James fürchtet sich doch vor dem Hund, seit Sheikh ihn bei dem Erdbeben fast über den Haufen gerannt hat.«

»Es wäre mir lieber, du würdest ihn nicht James nennen. So gut verstehst du dich doch nicht mit ihm, daß du die Berechtigung hättest, ihn mit dem Vornamen anzureden.«

»Laß mir noch etwas Zeit, dann werde ich ihn Jimmy nennen«, erwiderte Christines Tochter lachend.

Als das junge Paar in seinem neuen Heim Einzug hielt, war der Winter endgültig hereingebrochen. Adrian stürzte sich in seine Arbeit und sprach von dem »vollkommenen Frieden, den die Natur bringt, um unsere Wunden zu heilen«. Die Familie wußte allerdings nicht, von welchen Wunden er sprach, es sei denn, von jenen, die ihm arrogante Kritiker geschlagen hatten, denn körperlich war er kerngesund. Verächtlich schüttelte er den Kopf über die diversen Erkältungen, die sich seine Familie in diesen Winterwochen zuzog. Kusine Jane machte sich nun unentbehrlich, denn die Straße war ein Meer aus Schlamm, und das kleine alte Auto fungierte als einziges Transportmittel. Aber Jo verließ sich nicht einmal mehr auf Kusine Jane und zog es vor, auf Rajah zur Hütte ihrer Freundin zu reiten.

Die junge Ehefrau war zum erstenmal in ihrem Leben glücklich. Sie ging ganz in ihrem Haushalt auf und genoß es sogar, Geschirr zu spülen. »Natürlich habe ich Mutter immer bei der Hausarbeit geholfen, aber ich hatte nie das Gefühl, daß ich allein für etwas verantwortlich war, daß etwas mir allein gehörte. Aber das hier ist mein Teekessel, und das ist mein Spülbecken, und das ist einfach herrlich.«

Jo stimmte ihr bereitwillig zu, obwohl sie nicht ganz verstand, was an einem Spülbecken so großartig war. Aber sie wußte ja, daß sie und Beth grundverschieden waren. Und nun, wo die Krise überstanden und Beth so glücklich war, hätte man annehmen können, daß die Freundschaft einschlief. Zumindest Lester schien das zu glauben und sagte eines Tages zu Jo: »Laß das nicht zu. Es würde Beth kränken.«

»Und was ist mit mir? Mich würde es noch viel mehr kränken. Ich weiß, daß Beth mich nicht mehr braucht, aber sie ist gern mit mir zusammen, und ich fühle mich wohl in ihrer Gesellschaft. Du brauchst dir nicht einzubilden, daß ich nur Leute mag, die ich herumkommandieren kann.«

»Verzeih! Übrigens, Tante Cynthia hat große Sehnsucht nach ihrer Tochter, und die alte Dame spricht sogar davon, daß ich mit ihr zu Beth fahren soll. Könntest du Beth nicht dazu überreden, ihren Leuten einen Überraschungsbesuch abzustatten? Sie würden sich sehr freuen.«

Doch damit sah sich Jo überfordert. Beth hatte Angst – nicht vor ihrer Mutter, aber vor ihrem Vater. Was die alte Dame betraf, so wurden alle Zweifel ausgeräumt, als ein Scheck und ein charakteristischer Brief eintrafen. »Mein liebes dummes Mädchen! Du hast Dich sehr schlecht benommen, aber daran geben wir Josephine Medway die Schuld. Ich glaube nicht, daß Du Deinen Entschluß bereuen wirst. Beiliegend mein Hochzeitsgeschenk. Andere kommen noch, aber darauf wirst Du noch ein bißchen warten müssen. Deine Dich liebende Großmutter, Victoria Holden.«

Beth weinte, als sie den Brief las, aber Jo freute sich darüber. Und Lester, der wie immer zur Stelle war, wenn er Jo bei seiner Kusine wußte, meinte: »Sie ist ein großartiges altes Mädchen. Ich werde sie bald zu dir bringen.«

»Ich hätte sie schon längst abgeholt«, sagte Jo, »aber ich wollte ihr die Fahrt auf dieser schrecklichen Straße nicht zumuten. Nun verstehe ich, warum die Farm so billig war.«

»Genießt dein Vater die Einsamkeit immer noch? Zumindest braucht er nun keine Angst vor lästigen Überraschungsbesuchen zu haben.«

»Nein, nur die beiden komischen Zwerge kommen zu uns – Mark und Luke.«

»Tatsächlich? Sie sind noch über keine einzige Schwelle in diesem Distrikt getreten, abgesehen von ihrer eigenen.«

»Unsere haben sie genaugenommen auch nicht überschritten. Sie schleichen sich auf die Hinterveranda und weigern sich, ins Haus zu kommen. Christine versorgt sie mit Suppe, Kuchen und Kakao. Zum Dank murmeln sie immer nur was Unverständliches in den Bart, aber Christine freut sich jedesmal, wenn sie kommen.«

Der Winter lastete schwer auf »Gipfelkreuz« und seinen Bewohnern. Die Straße war unbefahrbar. Man konnte sie nur zu Fuß oder zu Pferd benutzen – und ganz selten einmal Kusine Jane einsetzen, wenn man ihr Ketten angelegt hatte. Nicht einmal Mark und Luke wagten sich zur Zeit aus dem Haus. Sie waren schon seit vierzehn Tagen nicht mehr auf »Gipfelkreuz« gewesen. »Ich werde mal mein Pferd satteln und nachschauen, ob sie noch leben«, sagte Robert eines Tages.

Diese Worte, leicht dahingesprochen, waren durchaus ernst zu nehmen. Die beiden alten Männer lebten zwar noch, aber es ging ihnen sehr schlecht. Als Robert vom Gatter aus nach ihnen rief, bekam er keine Antwort, und so stieg er vom Pferd, ging zur Tür und blickte hinein. Der Hauptraum war voller Hunde, Katzen und Hühner, aber keine Menschenseele war zu sehen. Robert zögerte, dann rief er noch einmal nach den beiden Männern. Er wollte nicht unaufgefordert in die Hütte eindringen, aber er machte sich Sorgen um Luke und Mark.

Da drang ein schwaches Krächzen aus dem Nebenraum,

und Robert wagte sich weiter vor und rief durch die offene Verbindungstür: »Alles in Ordnung mit euch beiden?« Ein Stöhnen antwortete ihm. Er ging ins Schlafzimmer, und da sah er die beiden mitleiderregenden Gestalten halb angezogen auf ihren Betten liegen.

»Krank – sehr krank«, würgte Mark hervor, dann sank sein Kopf wieder auf das Kissen zurück, und er schien das Bewußtsein zu verlieren.

Ihre Gesichter waren gerötet, und Robert war überzeugt, daß sie Fieber hatten. Was sollte er tun? Er fühlte sich völlig hilflos. Wie sollte er den beiden helfen? Was konnte man schon tun in dieser unglaublich schmutzigen Hütte?

Immerhin brachte er es fertig, Tee zu machen, und die Dankbarkeit der beiden alten Männer war rührend, als sie mit zitternden Fingern die Tassen umklammerten. Aber sie lehnten es ab, etwas zu essen; Robert hätte allerdings ohnehin nicht gewußt, wie er in dem unvorstellbaren Schmutz etwas Eßbares auftreiben sollte, und er verabschiedete sich mit dem Versprechen, einen Arzt zu holen.

Adrian rief den Doktor an und erfuhr, daß der ganze Distrikt von einer schweren Grippeepidemie heimgesucht wurde. Der Arzt versprach, noch am gleichen Abend nach den beiden Patienten zu sehen, und sagte, sie sollten in der Zwischenzeit möglichst viel trinken. »Ich habe gehört, daß sie in einer schrecklich schmutzigen Hütte hausen. Sie brauchen vor allem Antibiotika. Ich werde welche mitbringen oder die Bezirksschwester damit hinschicken. Ich habe Tag und Nacht zu tun, weil die halbe Stadt Grippe hat. Passen Sie auf, daß Sie den Bazillus nicht auch einfangen!«

Nun kam Adrians schönster Augenblick. »Das ist ein Notfall«, sagte er zu seiner Familie. »Der Arzt hätte mich nicht zu warnen brauchen. Der Bazillus wird mich verschonen. Ich hatte noch nie Grippe und werde sie auch nie bekommen. Jedenfalls werde ich die Verantwortung für Mark und Luke übernehmen. Keiner von euch darf den beiden in die Nähe kommen. Ich werde in ihrer Hütte auf den Doktor warten. Mach eine heiße Brühe fertig, Christine, die nehme ich mit, und dann werde ich sehen, was ich sonst noch für die beiden tun kann. Ich glaube, sie haben die Grippe eingefangen, als sie letzte Woche in der Stadt waren, um ihre Pension abzuholen.«

Er strotzte vor Energie und war, wie Christine es schon mehrmals in ähnlichen Situationen erlebt hatte, sachlich und kompetent. Der Mann, der das ganze Haus auf den Kopf stellen konnte, wenn er seinen Kugelschreiber nicht fand, half nun seiner Familie über die verschiedenartigsten Komplikationen hinweg. Aus irgendeinem Grund war er immun gegen Bazillen, das wußte Christine und beneidete ihn darum.

Adrian nahm den Topf mit der heißen Brühe und machte sich auf den Weg. Wie er es schaffte, sollte seine Familie niemals erfahren, aber jedenfalls flößte er den beiden Patienten die Brühe ein, wartete auf den Doktor, ließ sich die Medikamente geben und sorgte dafür, daß Mark und Luke sie pünktlich einnahmen. Als er Malcolm Trent anrief, sagte der Farmer: »Ja, ich weiß Bescheid. Wir haben auch die Grippe. Beth war die erste, aber es hat sie nur leicht erwischt, und sie konnte Craig und meine Frau pflegen. Tüchtiges Mädchen. Sie hätte eine großartige Krankenschwester abgegeben, aber ich bin froh, daß sie keine geworden ist. Ja, ich hatte auch Grippe, aber ich bin schon wieder auf den Beinen. Bei uns war es überhaupt nicht so schlimm – zwei Tage im Bett, dann waren wir alle wieder auf dem Damm. Die Bezirksschwester war mit Antibiotika da und mit all dem Zeug, aber wir hätten es auch ohne das geschafft. Der Doktor hat nur kurz hereingeschaut und alles der Schwester überlassen, weil er in der Stadt viel schlimmere Fälle hat. Dort geht's anscheinend ziemlich hektisch zu.«

Adrian nahm die Zügel straff in die Hand. Kein Mitglied seines Haushalts durfte dem Epidemieherd in die Nähe kommen, nur Jo durfte ihn begleiten, ihm helfen, die Autoketten anzulegen und vor der Hütte die Suppe auszuteilen, die Christine gekocht hatte. »Vielleicht kannst du auch ein bißchen Eiermilch machen«, sagte er zu seiner Frau. »Nein, Robert, du weißt doch, wie leicht du solche Bazillen einfängst. Du bleibst hier und schlachtest ein Schaf für deine Mutter, damit sie noch mehr Brühe machen kann, und hältst die Farm in Schwung, so gut es geht. Jo und ich, wir schaffen es schon. Meine Tochter ist fast so robust wie ich, sie wird nicht krank. Außerdem werde ich sie nicht in die Nähe der Kranken lassen, also kann sie sich gar nicht anstecken. Sie wird immer im Auto sitzen bleiben.« Warum sie fast so robust sein sollte wie er, erklärte er nicht, aber Jo fühlte sich geschmeichelt.

Christine kannte Adrian in dieser Rolle. In Krisensituationen legte er seine entnervenden Eigenschaften ab und wurde stark und verläßlich wie ein Fels in der Brandung. Sie teilte seine seltsame Überzeugung, daß er immun gegen Grippeviren sei. Wenn Adrian jemals krank werden sollte, dann würde es etwas Dramatisches sein. Mit gewöhnlichen Bazillen gab er sich nicht ab.

Die nächste Woche verbrachte sie zum Großteil in der Küche, schnitt Fleisch und Gemüse für unvorstellbare Suppenmengen und bereitete zahllose Schüsseln mit Eiermilch vor. Die Eier und das Gemüse ließen sie aus Eldado kommen. Bruce pflegte seine kranke Frau, kümmerte sich um den Laden, das Postamt und gleichzeitig auch noch um die Tankstelle, weil Ted und seine Frau Grippe hatten. »Im Garten wächst massenweise Gemüse, aber ich habe keine Zeit, es zu holen«, sagte er zu Adrian. Und so grub der distinguierte Schriftsteller Möhren aus und pflückte Petersilie, ein Anblick, über den sich niemand amüsierte, weil niemand vorbeikam. Alle lagen entweder im Bett oder pflegten kranke Verwandte.

Wo immer Hilfe gebraucht wurde, tauchte Adrian mit seinen Suppentöpfen, mit seiner Eiermilch und gutgemeinten Ratschlägen auf, schenkte jedem ein aufmunterndes Lächeln. »Es tut einem schon gut, nur seine Stimme zu hören«, sagte eine Frau, und ihr Mann erwiderte: »Man sollte gar nicht glauben, daß der Bursche Bücher schreibt – wo er doch soviel gesunden Menschenverstand hat...«

Bald bekam Adrian Verstärkung, denn Lester Severne hatte seine leichte Grippe rasch überstanden und fühlte sich kräftig genug, um seine Tante und seinen Onkel zu pflegen. »Und stellen Sie sich dieses Wunder vor!« sagte er zu Adrian. »Die kleine Beth kam im Wagen ihres Mannes an und schleppte Lebensmittel ins Haus. Sie hat sich doch tatsächlich in die Höhle des Löwen gewagt.«

»Da hat also erst eine Grippewelle kommen müssen, um sie wieder zusammenzuführen. Hoffentlich wußten es Beths Eltern zu würdigen, daß sie den ersten Schritt getan hat.«

»Meine Tante brach bei ihrem Anblick in Tränen aus. Onkel James bemühte sich um eine würdige Haltung, aber da ihn eine Grippe erwischt hat, bei der er sich dauernd übergeben muß, fiel ihm das schwer. Beth trat mit warmen Decken und Waschschüsseln in Aktion, und alles ist bestens.«

»Und die alte Dame?«

»Oh, die ist immun. Sie würde sich nie dazu herablassen, eine simple Mittelstandsgrippe zu bekommen. Das alte Mädchen war sehr tapfer. Sie versuchte mir zu helfen, als ich auf schwachen Beinen umherkroch und die anderen pflegte. Aber nun hat sie die Verantwortung Beth übertragen, mit treffenden Bemerkungen über Familienverpflichtungen und Versöhnungen und der Aufforderung, alles vergeben und vergessen sein zu lassen. Bei den Holdens ist der Familienfriede wieder eingekehrt. Beth hat alles unter Kontrolle, und ihre Eltern staunen immer wieder über ihre Tüchtigkeit. Beth hat endlich zu sich selbst gefunden.«

Und Adrian auch, dachte Lester. Seine Haltung ruhiger Überlegenheit glich der Victoria Holdens und erwies sich als sehr nützlich.

Der einzige Mensch, dem diese Überlegenheit auf die Nerven ging, war Adrians Tochter. Sie stieg nun aus dem Wagen und gesellte sich zu ihrem Vater und Lester. »Tag für Tag muß ich in der verdammten Karre sitzen, während Adrian den Helden mimt. Jetzt habe ich genug davon. Wenn Mrs. Holden und Adrian die Bazillen abwimmeln können, dann kann ich das auch. Ich bin stark wie ein Pferd. Ich gehe jetzt in dieses Haus, jeder Protest ist zwecklos, Adrian. Du würdest mit deinem Gezeter nur die Kranken stören.«

Es blieb Adrian nichts anderes übrig, als sich zu fügen, denn Lester schlug sich auf Jos Seite, und nun bildeten sie alle drei ein gut funktionierendes Team. Jo fuhr ihren Vater, nahm die Autoketten ab, die Robert vor dem Haus angelegt hatte, half ihrer Mutter, Riesenmengen von Suppe und Eiermilch zuzubereiten. Damit gab sie sich jedoch nicht zufrieden, sie ging auch in die Häuser der Kranken, wechselte das Bettzeug, nahm die Schmutzwäsche mit nach Hause, um sie in die Waschmaschine zu stecken, gab schreienden Babys ihre Fläschchen, half überall, wo sie nur konnte. »Und dabei sieht sie so arrogant aus«, sagte eine Frau zu ihrem Mann, der wahrheitsgemäß, aber taktlos erwiderte, Jo wirke nur so arrogant, weil sie so ungewöhnlich schön sei.

Aber wenn sie auch in manchen Frauen eine gewisse Eifersucht weckte, so mochten sie doch alle, und Adrian liebten sie. Lester kannten sie mehr oder weniger sein Leben lang und akzeptierten ihn als einen der Ihren. In diesen Kreis wurde nun auch die Familie Medway aufgenommen, und das Ergebnis war ausgezeichnete Teamarbeit. Lester bewunderte immer wieder Jos Tüchtigkeit, ihre Freundlichkeit, und er suchte vergebens nach dem Hochmut, der ihn zuerst so abgestoßen hatte. Und als er zusah, wie sie das Baby einer kranken Mutter badete, erkannte er, daß er sie liebte. Ich wette, das ist das erstemal, daß sich ein Bursche in ein Mädchen verliebt, während es ein fremdes Baby badet, dachte er grimmig.

Und was empfand Jo? Als Christine ihren Mann auszufragen versuchte, erwiderte er vage: »Oh, sie kommen ganz gut miteinander aus. Sie streiten sich nie, und heute haben sie zusammen gelacht, als sie ein Bett frisch bezogen.« Das war nicht ganz das, was Christine hören wollte, aber sie stellte keine Fragen mehr. Sie hatte sich noch nie in das Privatleben ihrer Kinder eingemischt, und sie würde es auch jetzt nicht tun.

Aber sie erriet ganz richtig, daß sich Jo Gedanken über die Situation machte. Würde diese Beziehung genauso enden wie die vielen anderen, die das Leben des Mädchens kompliziert und seine Gefühlswelt ein wenig verhärtet hatten? Christine hoffte, daß es diesmal anders sein würde, aber sie behielt ihre Gedanken und Ängste für sich.

Jo war wie immer völlig ehrlich zu sich selbst. Und als sie eines Abends im Bett lag, sehr müde nach einem anstrengenden Tag, sagte sie sich, daß Lester der Mann war, nach dem sie so lange gesucht hatte. Schon vor langer Zeit hatte sie ihm erzählt, daß sie ihm den Spitznamen »Seine Lordschaft« gegeben hatte, und seine Antwort hatte sie beschämt. »Ein schöner Lord! Der Herr einer unrentablen Farm und eines großen leeren Hauses.« Sie hatte viel über ihn erfahren seit jenem Tag, als sie in die Stadt zu Beths Hochzeit gefahren waren. Und während er seine Liebe zu ihr erkannte, als sie ein Baby badete, entdeckte sie, daß er der Mann ihrer Träume war, als er einem häßlichen alten

Mann mit einer wahren Engelsgeduld Suppe einflößte. Das war kein sehr romantischer Anfang, doch die Zukunft war vielversprechend.

Aber was für eine Zukunft? Das war das Problem. Sie würde ihn nächste Woche heiraten, wenn sie zusammen weggehen könnten, an irgendeinen friedlichen Ort. Aber wie sollte sie ein Leben in Rangimarie ertragen, in Onkel James' Nachbarschaft, unter den wachsamen Augen der alten Mrs. Holden mit ihren viktorianischen Prinzipien? Der Gedanke an diese Atmosphäre drohte Jo zu ersticken. Würde Lester sie genug lieben, um Rangimarie und seinen falschen Wertmaßstäben den Rücken zu kehren?

9

Die Grippewelle überflutete gnadenlos das Dorf und die umliegenden Farmen. Der Doktor kam ein paarmal heraus, wenn er sich von seinen vielen Patienten in Avesville losreißen konnte, verschrieb Antibiotika, sprach von Diät, schickte die Bezirksschwester, damit sie in den dringendsten Fällen helfen konnte. Schwester Bowden war eine nette, tüchtige Frau, gewöhnt an solche Krisensituationen und voll des Lobes über ihre drei Helfer. Allmählich ebbte die Grippewelle ab. Ein paar Patienten mußten noch im Bett bleiben und vorsichtig sein, aber es war nicht mehr nötig, den Doktor zu rufen. Er arbeitete ohnehin Tag und Nacht. »Sie haben ihn würdig vertreten«, sagte Schwester Bowden lächelnd zu Adrian. Er gab eine charmante, jedoch bescheidene Antwort, und sie fügte hinzu: »Ich habe alle Ihre Bücher gelesen.«

Verwirrt starrte er sie an. »Diese verdammten Bücher habe ich ganz vergessen. In den letzten Tagen war ich so beschäftigt, daß ich gar keinen Gedanken ans Schreiben verschwendet habe.«

»Sie drei haben sich wirklich gut gehalten, und die junge Mrs. Trent hat in Rangimarie wertvolle Hilfe geleistet. Ein Glück, daß dort das Schlimmste überstanden ist und daß ›Gipfelkreuz‹ ganz von der Epidemie verschont blieb!«

»Wir waren sehr vorsichtig. Wenn Jo und ich nach Hause gekommen sind, haben wir immer sofort gebadet und frische Sachen angezogen.«

»Sie können stolz sein auf Ihre Tochter. Das findet man selten: ein so schönes Mädchen, das die unangenehmsten Aufgaben erledigt, ohne zu murren. Ich würde gern den Rest Ihrer Familie kennenlernen, aber diese schlammige Straße hindert mich daran, für eine halbe Stunde vorbeizuschauen, wie ich es gern tun würde. Doch eines Tages werde ich bestimmt kommen, und dann werde ich Sie bitten, Widmungen in die Bücher zu schreiben, die ich von Ihnen besitze.«

Adrian, der so tat, als hasse er es, Widmungen zu schreiben, als mache er das nur, um die Leute nicht zu kränken, konnte der netten Schwester diesen Wunsch natürlich nicht abschlagen. Er erklärte, es wäre ihm ein Vergnügen. Sie brauche nur anzurufen, wenn sie ihn besuchen wolle, dann werde man sie mit Kusine Jane an der Straßenecke abholen.

In diesem Augenblick kam Jo aus einem der Häuser, in denen immer noch Grippekranke lagen, den Arm voller Schmutzwäsche, die sie auf dem Rücksitz des Autos verfrachtete und auf der sich Sheikh niederließ, ohne sich um die Bazillen zu kümmern. Lester verließ die Tankstelle, die er für ein paar Stunden übernommen hatte, und gesellte sich zu ihnen. Schwester Bowden dachte: Was für ein hübsches Paar! Dann erinnerte sie sich bedauernd, daß der junge

Mann ja an die Farm seines Vaters in Rangimarie gebunden war. Und von einem Mädchen wie Jo konnte man kaum erwarten, daß sie ein solches Leben mit ihm teilen würde.

Dann gingen sie wieder ihrer verschiedenen Wege. Die Schwester wollte ein paar Farmen besuchen, deren Bewohner bereits ihrer Genesung entgegensahen. Lester wollte nach Rangimarie fahren, ermutigt durch den erfreulichen Bericht Schwester Bowdens. »Die junge Mrs. Trent ist so tüchtig. Dabei sieht sie noch wie ein Kind aus.«

»Ich finde, sie ist erwachsen geworden«, erwiderte Jo, stieg in den Wagen und ließ Sheikhs stürmische Begrüßung über sich ergehen. »So, für heute ist alles klar. Noch eine Woche, Adrian, dann wird das Leben wieder seinen normalen Gang gehen. Wissen Sie, Schwester, mein Vater ist ganz in seinem Element. Der barmherzige Samariter...«

Lachend verabschiedeten sie sich, und Schwester Bowden nahm sich vor, diese Familie so bald wie möglich zu besuchen. Sie hatte gehört, daß die Medways nur mehr ein paar Monate in der Gegend bleiben würden, dann sollte der Sohn die Farm übernehmen. Sie fand es erstaunlich, daß Adrian Medway, den sie für einen weltfremden Schriftsteller gehalten hatte, unterstützt von seinen beiden Assistenten so praktische Hilfe leistete, daß er Kranke pflegte, die er nie zuvor gesehen hatte. Vor allem ihm war es zu verdanken, daß die Leute schneller gesund geworden waren, als sie hoffen konnten. Adrian war zweifellos ein bemerkenswerter Mann.

Es war vielleicht ganz gut, daß die Schwester nicht Augenzeugin der Szene wurde, die sich hinter der nächsten Straßenecke abspielte. »Wenn du das doch nur mir überlassen würdest, Adrian! Setz dich ans Steuer, dreh das Lenkrad ganz langsam nach rechts, wenn ich es dir sage, dann kommen wir vielleicht noch vor Einbruch der Dunkelheit aus diesem Schlammloch raus.«

Am nächsten Tag befanden sich noch viel mehr Patienten auf dem Weg der Genesung. Bruce hatte alle Hände voll zu tun in seinem Laden. Ted war noch immer recht wackelig auf den Beinen, und Adrian mußte an der Tankstelle aushelfen. Er zog eine große Schau ab, ließ sich umständlich zeigen, wo man Öl in einen Jeep einfüllen mußte, und der dankbare Besitzer des Vehikels fuhr nach Hause und sagte zu seiner Frau: »Ich habe mich noch nie zuvor mit einem Schriftsteller unterhalten. Aber wenn sie alle so nett sind wie dieser Bursche, dann muß man sich wirklich fragen, warum diese Kerle nicht mal was schreiben, was auch unsereins versteht.«

Von der Zapfsäule wurde Adrian hinter die Ladentheke beordert, da Bruce schwitzend zwischen dem Postamt und seiner Kundschaft hin- und herlief und es nicht mehr allein schaffte. Er drückte Adrian eine Liste in die Hand und zeigte auf eine Maori-Dame, die auf einer Schachtel in der Ecke thronte. »Eine meiner besten Kundinnen. Sie wohnt in einem Häuschen, etwa zwei Kilometer entfernt. Sie versteht zwar Englisch, aber sie gibt kein englisches Wort von sich. Versuchen Sie ihr bitte das Zeug einzupacken.« Er zeigte auf einen großen Karton und verschwand im Postamt. Adrian bediente nicht zum erstenmal während der Grippeepidemie im Laden, und so wußte er, wo sich die wichtigsten Lebensmittel befanden. Es gelang ihm ohne große Schwierigkeiten, den Karton zu füllen, dann winkte er der alten Dame zu, die sich würdevoll erhob und wohlwollend lächelte. »Aber wie werden Sie denn das Zeug nach Hause schaffen?« fragte er, und Bruce rief aus dem Postamt herüber, daß er der Dame die Waren sonst immer nach Hause liefere, aber heute...

»Schon gut«, fiel ihm Adrian ins Wort. »Jo sitzt draußen im Wagen, sie wird die Dame mit ihrem Karton nach Hause fahren.« Er scheuchte die Kundin aus dem Laden und zum Auto. Sie zögerte, sagte etwas in der Maori-Sprache, aber

Adrian wollte ihre Weigerung nicht akzeptieren. Er öffnete die Wagentür, verfrachtete sie galant auf den Beifahrersitz, begleitet von Sheikhs Knurren, der es nicht gern sah, wenn Fremde im familieneigenen Auto saßen.

Als Adrian in den Laden zurückkehrte, sagte Bruce: »Du bist ein großartiger Kerl, Adrian. Ich hätte nie gedacht, daß ein Mann, der Bücher schreibt – noch dazu Bücher, die sich gut verkaufen –, einem ganzen Distrikt über eine Grippewelle hinweghelfen kann. Und jetzt hast du auch noch diese wichtige Kundin bedient, als hättest du dein Leben lang nichts anderes getan.«

Adrian bemühte sich sehr, seine Freude nicht allzu deutlich zu zeigen, aber am Abend sagte er zu Christine: »Vielleicht könnte ich aus der Grippewelle einen Roman machen. Die Leute in der Stadt wissen gar nicht, wie schwierig das Leben auf dem Land sein kann, besonders wenn so eine Epidemie ausbricht.«

Sie war amüsiert, aber nicht überrascht. »Und der Held des Romans bist du, der Schutzengel der Beladenen.«

»Oh, meine Hauptfigur wäre ein Mann, der nur ganz schlicht und einfach das Notwendige tut«, meinte Adrian beiläufig. »Ein ganz gewöhnlicher Mensch...«

Aber sie wußte, daß der Romanheld unweigerlich Adrians Züge tragen und genauso handeln würde, wie er es in den letzten Wochen getan hatte. Und warum auch nicht? Diesen kleinen Triumph hatte er sich verdient.

Wie Jo vorausgesagt hatte, ging das Leben eine Woche später wieder seinen normalen Gang, und der Doktor von Avesville verbannte Eldado aus seinen Gedanken. Schwester Bowden schaffte es, trotz ihrer knapp bemessenen Zeit Christine Medway zu besuchen. Adrian holte sie an der Straßenecke ab und unterdrückte ein zufriedenes Grinsen, als er zwölf seiner Bücher auf Kusine Janes Rücksitz verstaute. Der Besuch war ein großer Erfolg. Christine war entzückt von dieser tüchtigen, warmherzigen Frau und bat sie, von ihrer Arbeit zu erzählen, besonders von den Maoris, die in diesem Distrikt lebten.

»Diese Farmer im Hinterland könnten uns allen ein Beispiel geben«, sagte Schwester Bowden. »Sie hatten auch den Grippebazillus aufgefangen, aber sie riefen sofort den Doktor an, und so hatten sie die Krankheit bald völlig unter Kontrolle.«

»Adrian war dort und wollte sehen, ob er helfen könnte, und er war tief beeindruckt, als er feststellte, wie gut sie zurechtkamen.«

»Ja, mit diesen Leuten habe ich nie Schwierigkeiten. Ich wünschte, das könnte ich auch von allen Pakeha-Gemeinden sagen. Aber die Maoris haben eben ihren natürlichen Lebensstil, während sich die Pakehas anstrengen müssen, um sich in dieser Wildnis zu behaupten. Dadurch entstehen die Probleme.«

Adrian schrieb bereitwillig in alle zwölf Bücher Widmungen und war insgeheim etwas erschrocken, weil er schon so viele Romane verfaßt hatte. Als er das Christine gegenüber erwähnte, erwiderte sie: »Wenn du das nicht getan hättest, Liebling, könnten wir nicht unser Luxusleben in der Stadt führen. Und wir hätten auch nicht die Farm für Robert kaufen können. Nur deine Bücher, die dich manchmal so irritieren, haben uns das ermöglicht.«

Schwester Bowden verließ »Gipfelkreuz« mit ehrlichem Respekt im Herzen. Es kam selten vor, daß ein Mann wie Adrian Medway eine Frau fand, die gut genug für ihn war.

Robert hatte viel zu tun, denn die Mutterschafe, die er gekauft hatte, erwiesen sich als schwierig, als die jungen Lämmer auf die Welt gekommen waren. Viele waren schlechte Mütter, und Jo verbrachte mit ihrem Bruder viele Stunden in den Ställen und auf den Feldern, um ihm zu helfen. Eines Tages meinte er, nun hätte sie so viele Erfahrungen gesammelt, daß sie die Frau eines Schaffarmers werden könne. Zu seiner Überraschung wurde sie rot. Es mußte sich also diesmal um was Ernstes handeln, denn er konnte sich nicht erinnern, seine weltgewandte Schwester jemals erröten gesehen zu haben, wenn er auf einen ihrer diversen Verehrer anspielte. Vielleicht war es diesmal von Dauer. Aber sie gab ihm keine Antwort, und Robert war diskret genug, den Scherz nicht allzuweit zu treiben. Er ahnte, daß Jo kein Verständnis dafür haben würde.

Lester brauchte sich keine Andeutungen über eine mögliche Liebesaffäre anzuhören. So lose Scherze waren nicht üblich in Rangimarie, und was die Leute wußten oder dachten, interessierte ihn nicht. Sie merkten natürlich, daß er fast seine gesamte Freizeit bei der Familie Medway verbrachte. Er nahm sogar die Mühe auf sich, sein Auto auf der Hauptstraße stehenzulassen und dann durch den Schlamm zum Haus zu stapfen. »Wenn das kein Beweis für wahre Liebe ist...«, meinte die alte Mrs. Holden.

Und dann die kostbaren Sonntagnachmittage, wo sie allein miteinander sein konnten... Sie ritten über Roberts Farm oder zu Lesters Feldern hinüber. Manchmal fuhren Jo und Sheikh in Kusine Jane zur Straßenecke hinab, um Lester zu treffen. Trotz der Proteste des Fahrers wurde der große Hund dann in Lesters winzigen Gebrauchtwagen verfrachtet, den er stets sehr liebevoll pflegte. »Dieses riesige ungelenke Vieh!« schimpfte er, aber Sheikh spürte die Zuneigung, die sich hinter diesen schroffen Worten verbarg, wedelte mit dem Schwanz und leckte dankbar Lesters Hand.

Mittlerweile war die Familie Medway voll in das dörfliche Leben integriert. Alle wußten, daß sie nur vorübergehend auf der Farm wohnte, aber man wußte auch, daß Robert hierbleiben würde. Zweifellos würde die Familie ihn oft besuchen. Adrian Medway war nun das Eigentum der Leute aus Eldado und Umgebung und jedermanns Held. Er hatte ihnen bravourös über die Grippewelle hinweggeholfen, hatte sich nicht nur als immun gegen den Bazillus erwiesen, der fast alle anderen erwischt hatte, es war ihm auch gelungen, die Grippe von seiner Familie fernzuhalten, obwohl er sich täglich in den Gefahrenbereich begeben hatte. Jo gab ihm den Spitznamen »Adrian Superstar«, was er natürlich sehr genoß. Es war schön, jedermanns Freund zu sein, und die Skala reichte von der alten Mrs. Holden bis zu Mark und Luke. Er hatte sich schon immer eingebildet, daß er gut mit Menschen umgehen könnte, aber nun war das zweifelsfrei bewiesen. Es kostete ihn immer wieder große Mühe, in die Einsamkeit seines Arbeitszimmers und an seine Schreibmaschine zurückzukehren, aber er tat es, und bald nahm ihn ein neues Projekt gefangen. Er legte sogar den Roman beiseite, den er begonnen hatte, und schrieb zwei Kapitel des nächsten, der eine Grippewelle in einer ländlichen Gemeinde zum Thema haben sollte. Der Held war natürlich eine jüngere Version von Adrian und ein Maler, kein Schriftsteller, um die Literaturkritiker irrezuführen.

»Es ist ja schön und gut, daß du der Held bist«, sagte Jo, als er bescheiden von seiner neuesten Idee erzählte. »Aber was ist mit den anderen Familienmitgliedern? Mit der geduldigen Griselda, die in der Küche Suppe braut, mit Robert, der seine kostbaren Schafe dem Allgemeinwohl opfert, mit deiner nimmermüden Tochter, die selbstlos Kranke pflegt und tröstet?«

»Meine Lieben, ihr wart alle großartig. Ohne euch hätte ich es nie geschafft.«

Dieses Gespräch fand an einem Sonntagnachmittag im Salon der Holdens statt. Cynthia gab eine Teeparty im großen Stil, und sogar Robert war dazu überredet worden, seine Mutterschafe und Lämmer zu verlassen. Er hatte dies auf besonderen Wunsch der alten Mrs. Holden getan, die nicht auf die Gesellschaft dieses »außergewöhnlichen jungen

Mannes« verzichten wollte. Nun unterhielten sie sich über die Grippewelle, lachten über deren humorvolle Aspekte, und sogar James Holden rang sich gelegentlich ein Schmunzeln ab. Es war ein wunderbarer Vorfrühlingstag, den man nach einer nassen, trüben Woche besonders genoß, und bald zerstreute sich die Teegesellschaft. Lester und Jo gingen hinaus, um sich das junge Pferd anzusehen, das Lester kaufen wollte. Beth und Craig, der nun von der Familie akzeptiert worden war, allerdings ohne große Begeisterung von seiten James Holdens, entschuldigten sich und fuhren erleichtert nach Hause. Robert blieb bei Mrs. Holden sitzen und hörte sich einen Bericht aus ihren Jugendtagen im England König Edwards an. »Damals hatten wir natürlich viel Personal, das uns ein angenehmes Leben ermöglicht hat«, sagte die alte Dame. »Es waren friedliche Tage, ohne große Aufregungen, wie man sie heutzutage erlebt...«

Doch in diesem Augenblick gab es auch schon Grund zur Aufregung, den einzigen Grund, der Mrs. Holden aus der Fassung bringen konnte. Das Zimmer begann zu schwanken, erst sanft, dann in beschleunigtem Rhythmus. »Ein Erdbeben«, sagte Robert. »Wird allmählich langweilig, aber wir müssen es eben durchstehen.«

Sie waren allein im Salon. Die Gesellschaft hatte sich allmählich aufgelöst. James Holden hatte sich als letzter und ziemlich hastig empfohlen, nachdem er das erste Zittern verspürt hatte. Er zog es vor, Erdbeben unter freiem Himmel über sich ergehen zu lassen.

Die alte Mrs. Holden begann am ganzen Körper zu beben, aber sie sagte: »Es ist wohl nicht nötig, das Haus zu verlassen. Cynthia hat bestimmt das kostbare Geschirr genügend gesichert, so daß es nicht zerbrechen kann. Oh, schon wieder...« Sie richtete sich kerzengerade auf und versuchte, ihre Angst nicht zu zeigen.

Robert wußte nicht recht, was er tun sollte. Wenn Mrs.

Holden nun plötzlich einen Herzanfall bekam... Am liebsten hätte er die alte Dame gepackt und sie in den Garten getragen, wo sie nicht zu befürchten brauchte, daß ihr die Decke auf den Kopf fiel. Wenn diese Befürchtung auch grundlos war. Das Haus war fest gebaut, und er hatte nur Angst um Mrs. Holdens Seelenleben. Sicher litt sie namenlose Qualen, wenn sie die Erdstöße in diesem beengten Raum zu spüren bekam. Immerhin war ihre Schwester bei jener Erdbebenkatastrophe unter den Trümmern eines Hauses begraben worden. Aber er wagte es natürlich nicht, die alte Dame gegen ihren Willen ins Freie zu befördern. Er konnte sich nur tröstend an ihre Seite stellen. Den Arm um ihre Schultern zu legen – das wäre sicher zuviel des Guten gewesen. »Es ist ein schweres Erdbeben«, sagte er, »aber es ist sicher bald vorbei.«

Doch da irrte er sich. Die Erdstöße hielten an, in der Küche klirrten die Töpfe, und plötzlich erhob sich die alte Dame. »Jetzt ist es aber genug«, sagte sie wie zu einem Kind, das schon zu viele Bonbons gegessen hat. »Bitte, lieber Gott, jetzt ist es genug.«

Robert war zutiefst verwirrt und fragte sich, ob er sich nicht davonschleichen und Mrs. Holden mit dem lieben Gott allein lassen sollte. Aber das wäre denn doch zu feige gewesen, und so lauschte er beim nächsten Erdstoß erstaunt und auch leicht belustigt einem weiteren Gebet der alten Dame. »Lieber Gott, ich habe dich in aller Demut ersucht, dieses Erdbeben zu beenden.« Aber Gott hörte auch auf dieses Gebet nicht und gab auch nicht die nötigen Befehle, was nun Mrs. Holden übernahm. »Schluß jetzt!« befahl sie mit Stentorstimme. »Schluß, habe ich gesagt! Sofort!«

Sie stand mitten im Raum, auf ihren Stock gestützt, und starrte herausfordernd zur Decke empor. »Jetzt reicht es aber!« rief sie in einem Ton, als ermahne sie ein ungezogenes Kind zum Gehorsam. Ihr Blick war jetzt nicht mehr ängstlich, sondern streng. Und seltsamerweise ließ das Erdbeben tatsächlich nach, die Welt beruhigte sich allmählich wieder. Mrs. Holden schien in die Wirklichkeit zurückzukehren. Würdevoll ließ sie sich nieder, und plötzlich merkte sie, daß Robert noch immer im Salon stand. Sie errötete nicht. Wahrscheinlich war sie seit vierzig Jahren nicht mehr errötet. Aber sie sagte mit einer Stimme, die ein wenig zitterte: »Wie konnte ich mich nur so dumm benehmen! In Zukunft muß ich mich besser in der Gewalt haben. Verzeihen Sie, wenn ich Sie in Verlegenheit gebracht habe.«

Robert zwang sich zu einem Lächeln. »Oh, schon gut. Immerhin haben Sie's geschafft. Das Erdbeben ist vorbei. Diesmal war es wirklich schlimm. Kein Wunder, daß es Ihnen auf die Nerven ging.«

»Nun ja, ich habe wenigstens bitte gesagt...«

»Das letzte Mal nicht. Da waren Sie ganz schön autoritär...«

In diesem Augenblick steckte Cynthia den Kopf zur Tür herein. »Alles in Ordnung, Großmutter? Ich wußte, daß Robert bei dir ist, und ich hatte soviel in der Küche zu tun.«

»Vielen Dank, er hat gut für mich gesorgt, und er war auch bereit, einer närrischen alten Frau Zugeständnisse zu machen.«

Cynthia zog sich wieder zurück, und Robert erzählte der alten Mrs. Holden von seinen Lämmern. Von der ungewöhnlichen Szene während des Erdbebens wurde nicht mehr gesprochen, und Robert verriet auch seiner Familie nichts davon, aus loyalen Motiven. Nach jenem ereignisreichen Sonntag wurde das Band zwischen der alten Dame und dem jungen Farmer noch fester.

Draußen im Freien spielte sich ein anderes Drama mit ernsteren Nachwirkungen ab. Jo und Lester hatten das Pferd besichtigt und dann Tennis gespielt. Voller Übermut hatte Jo den Ball so hoch und hart geschlagen, daß er in der

Dachrinne des großen alten Hauses gelandet war. Lester lachte. »Jetzt muß ich eine Leiter holen – nicht für dich, aber für mich. Du hast eine einzige menschliche Schwäche zugegeben, und die darfst du hegen und pflegen.«

Aber damit war Jo nicht einverstanden. »Ich habe den Ball hinaufbefördert, also hole ich ihn auch wieder herunter. Die Leiter ist ja sehr massiv.«

Sie kletterte hinauf, und die Leiter stand sicher und fest, aber ausgerechnet in dem Augenblick, als Jo nach dem Ball griff, begann das Erdbeben. Sheikh, dessen Nerven man bei solchen Naturkatastrophen niemals trauen durfte, heulte gellend auf und stürmte ins Haus. Dabei stieß er gegen die Leiter, und sie stürzte krachend zu Boden. Jo fiel herab und blieb eine Minute lang reglos auf dem harten Beton liegen. Die Erdstöße wiederholten sich, aber Lester merkte nichts davon. Alles, was er sah, war Jo, die mit geschlossenen Augen dalag, das schöne Gesicht von einer wächsernen Blässe überzogen. Er rannte zu ihr, ließ sich neben ihr nieder, und ohne die Erste-Hilfe-Regeln zu beachten, bettete er ihren Kopf in seinen Schoß. »Liebling«, flüsterte er und strich ihr über die Wangen. »Ist es sehr schlimm?«

Zu seiner Überraschung und ungeheuren Erleichterung schlug sie die Augen auf und wiederholte leise das Wort: »Liebling...« Er war hingerissen, aber er sah ein, daß sie nicht bis in alle Ewigkeit da hocken und einander »Liebling« nennen konnten, so himmlisch das auch war. Er zog seine Jacke aus, legte sie zusammengefaltet auf den Boden und bettete ihren Kopf darauf. »Ich hole Hilfe – oder einen Brandy. Es dauert nur eine Minute.«

Er fand, daß sie das erstaunlichste und wunderbarste Mädchen der Welt war, denn bei diesen Worten versuchte sie doch tatsächlich, sich aufzurichten. Und als er zu ihr lief, um ihr zu helfen, stützte sie sich auf seinen Arm und sagte: »Hol niemanden! Ich bin nicht verletzt. Ich habe mir nur den Kopf angeschlagen, und das hat mich für ein paar Sekunden betäubt. Mach dir keine Sorgen. Hilf mir zu dem Stuhl dort. Ich will lieber sitzen.« Und dann saß sie in einem Gartenstuhl. Als er meinte, der Stuhl sei zu hart, lächelte sie schwach und sagte: »Nicht so hart wie der verdammte Beton. Weißt du, ich hätte doch ganz gern einen Brandy.«

Er stürmte davon und kam nach wenigen Augenblicken zurück, und da betastete sie vorsichtig ihren Kopf und meinte: »Das wird eine Beule, so groß wie ein Straußenei.« Und dann lachte sie.

Er rannte auf sie zu mit dem Brandyglas, das er viel zu voll geschenkt hatte. »Lach nicht, Liebling, sitz ganz still und trink das.«

»Ich fand es nur so komisch, daß ich von einem Straußenei sprach, obwohl ich noch nie eins gesehen habe. Sind Straußeneier sehr groß? Meine Beule wird nämlich riesig.«

Er erkannte voller Mitgefühl, daß sie ein bißchen hysterisch war, setzte sich auf die Armlehne und sagte sanft: »Red nicht soviel und trink das – aber nicht zu schnell!« Er hielt ihr das Glas an die Lippen, und die echte Jo erwachte wieder zum Leben.

Sie nahm ihm das Glas aus der Hand, obwohl ihre Finger zitterten und sie ein wenig von dem Brandy verschüttete. »Ich bin doch kein Baby. Ich kann sehr gut allein trinken.« Sie nahm einen großen Schluck und erstickte beinahe daran. »Großer Gott, das ist ja purer Brandy. Warum hast du kein Wasser hineingetan, du Schafskopf?«

Er lächelte erleichtert. »Du erholst dich erstaunlich schnell. Trink das endlich und sag nicht Schafskopf zu mir! Das Wort, das du vorhin benutzt hast, gefällt mir viel besser.«

»Was für ein Wort?« fragte sie verwirrt.

»Liebling. Ein schönes Wort – für uns beide.«

»Woher willst du denn wissen, daß das Wort für dich bestimmt war? Wahrscheinlich habe ich gerade an Sheikh gedacht. Der arme Kerl! Er hat solche Angst vor Erdbeben. Ich möchte nur wissen, wo er steckt.«

»Dieser verdammte Köter!« sagte der so schnöde zurückgewiesene Lester. »Er ist ins Haus geflohen, als das Erdbeben losging, und jetzt, wo es aufgehört hat, kriecht er vermutlich unter dem Küchentisch hervor. Und du hast gar nicht Sheikh gemeint, als du ›Liebling‹ sagtest.«

Sie schwieg eine Minute lang, trank gemächlich ihren Brandy und betastete immer wieder voller Selbstmitleid ihren Kopf. Dann sah sie ihm in die Augen und gestand. »Nein, ich habe nicht Sheikh gemeint. Warum bin ich so dumm und versuche kokett zu sein? Ich habe das Wort ›Liebling‹ schon so lange gedacht – und in jenem Augenblick ist es mir eben herausgeschlüpft.«

»Ich bin dir mit gutem Beispiel vorangegangen, und ich denke dieses Wort auch schon seit einer Ewigkeit. Jo, ich finde dich anbetungswürdig.«

»Das bin ich auch.« Sie lächelte spitzbübisch. »Aber ich bin auch eigensinnig und herrschsüchtig und überhaupt ein harter Brocken. Ich setze gern meinen Willen durch und kann Leute, die mich herumkommandieren oder mir Ratschläge geben wollen, nicht leiden.«

»Hat das schon einmal jemand versucht?«

»Wir sollten nicht den dummen Fehler machen, einander über unsere Vergangenheit auszufragen. Aber – nun ja – ein oder zwei Leute haben es versucht. Und das war meist der ausschlaggebende Trennungsgrund. Meine Eltern haben es nie versucht. Sie taten ihr Bestes für uns, als wir noch klein waren, und dann ließen sie uns in Ruhe. Eine gute Erziehungsmethode.«

»In gewissen Grenzen – ja. Für manche jungen Leute heutzutage mag das ja richtig und gut sein, aber ich finde es ein bißchen zu fortschrittlich.«

»Ich nicht. Wenn ich in diesem Käfig leben müßte, ich würde zugrunde gehen.«

»Ein oder zwei Jahre lang wirst du es ertragen müssen, Liebling, denn so lange wird es dauern, bis die Farm wieder okay ist.«

Sie richtete sich auf und schüttelte den Arm ab, den er um ihre Schultern gelegt hatte. »Was muß ich ertragen?«

»Rangimarie und seine Snobs. Aber sie werden sich nicht in dein Leben einmischen, und es ist ja nicht für immer.«

»Ich habe nicht gesagt, daß ich dich heiraten werde.«

»Du hast gesagt, du hättest das Wort ›Liebling!‹ gedacht, und das bedeutet, daß du mich liebst – so wie ich dich liebe.«

»Was für ein viktorianischer Unsinn! Heutzutage nennt doch jeder jeden Liebling.«

»Ich weiß, und ich finde das sehr dumm. Aber du hast es ernst gemeint, als du in halb bewußtlosem Zustand ›Liebling‹ zu mir sagtest.«

»Dann muß ich im Delirium gewesen sein. Ein für allemal, Lester. Ich kann und ich werde nicht in Rangimarie leben. Hier würde ich ersticken. Ich hasse diesen Snobismus, diese Rückständigkeit. Wenn du unbedingt hierbleiben mußt, dann tu's – aber laß mich bitte aus dem Spiel.«

»Das kann ich nicht – und ich werde es auch nicht tun.«

»Dann sag deinem Vater, er soll die Farm so verkaufen, wie sie ist. Was spielt es denn für eine Rolle, ob sie rentabel ist oder nicht? Was für eine Rolle spielen ein paar zerbrochene Zäune oder windschiefe Gatter? Irgend jemand wird die Farm schon kaufen, und wenn dein Vater ein paar Tausender weniger dafür bekommt, wird er's überleben. Du hast mir ja einmal erzählt, daß er von seinen Kapitalanlagen ein recht luxuriöses Dasein fristen kann.«

»Wieviel Geld mein Vater hat oder nicht hat, steht hier nicht zur Debatte. Es kommt nur darauf an, daß er mir die Farm anvertraut hat, als er von hier wegging. Und ich habe ihm versprochen, daß ich hier alles in Ordnung bringe, bevor ich versuche, die Farm zu verkaufen. Ich habe ihm mein Wort gegeben, und er ist beruhigt und zufrieden in die Stadt gezogen. Er ist krank, und jede Aufregung könnte ihm schaden. Außerdem würde ich niemals ein Versprechen brechen.«

»Dann vergiß mich. Ich gehe mit meinen Eltern in die Stadt zurück, wenn unser Jahr hier zu Ende ist. Wir werden beide diese kleine Romanze vergessen.«

»Es ist keine kleine Romanze, das weißt du genau.«

»Ich weiß nur, daß ein Mann, der mich darum bittet, in Rangimarie zu leben, mein wahres Wesen nicht erkannt hat.«

»Eine Frau, die einen Mann wirklich liebt, würde sein Leben überall für ein oder zwei Jahre teilen, wenn sie weiß, daß er keine andere Wahl hat. Ich habe keine andere Wahl, Jo.«

»Mit anderen Worten, wenn du entscheiden sollst, ob du deiner Familie weh tun sollst oder mir, fällt deine Wahl auf mich.«

»Verstehst du denn nicht, daß ich ein Versprechen gegeben habe?«

Sie gab ihm das Brandyglas zurück und erhob sich auf unsicheren Beinen. »Das wär's dann. Du brauchst dich nicht aufzuregen. Es ist ja deine Entscheidung – nicht meine.«

»Es ist deine, und das weißt du auch. Was sind schon zwei Jahre? Und so schlimm ist Rangimarie gar nicht. Du müßtest ja nicht mit deinen verhaßten Snobs zusammen leben. Wir könnten unser eigenes Leben führen.«

»Ich weiß. Du in deiner kleinen Ecke, ich in meiner. Damit wäre das Thema wohl beendet. Ich fahre jetzt nach Hause.«

10

Es hätte ein großartiger Abgang werden sollen. Aber die Wirkung litt ein wenig darunter, daß die wütende Jo erst warten mußte, bis sich ihre Familie zur Abfahrt entschloß. »Schöne Grüße an deine Großmutter«, bemerkte sie beiläufig, als sie in den Wagen stieg. Er folgte ihr, ohne zu zögern, und sie fuhr ihn an: »Ich habe dir doch gesagt, daß das Thema beendet ist!«

»Habe ich denn wieder davon angefangen? Wir könnten ja über das Erdbeben reden oder über Roberts Lämmer.«

Sie unterdrückte ein Grinsen. »Es wäre netter, wenn du dich nach meinem Kopf erkundigen würdest.«

Etwas ermutigt, weil sie immerhin ihren Sinn für Humor wiedergefunden hatte, sagte Lester: »Jo, seien wir doch vernünftig. Wir brauchen uns ja nicht wie ein altmodisches Liebespaar aufzuführen und zu rufen: ›Das ist das Ende!‹ Bleiben wir Freunde, dann bringen wir auch niemanden in Verlegenheit.«

Es war ein kluger Schachzug, daß er von ›altmodisch‹ gesprochen hatte, und er verfehlte auch seine Wirkung nicht.

»Ja, benehmen wir uns wie zivilisierte Menschen.«

»Ach ja, zivilisiert! Das Wort ist wohl gerade ›in‹, wenn man von guten Manieren spricht. Also gut, vergessen wir die letzte halbe Stunde und daß wir uns ›Liebling‹ genannt haben, und alles bleibt beim alten.«

»Okay, alles vergeben und vergessen.« Und Jo war sehr zufrieden mit sich selbst und ihrer modernen Haltung.

In diesem Augenblick kamen die anderen Familienmitglieder zum Wagen, formell verabschiedet von der Familie Holden. Sogar die alte Mrs. Holden erschien in der Tür und winkte würdevoll, aber ihre Abschiedsworte hätten von Lester stammen können. Als sie Roberts Hand ergriff, flüsterte sie: »Vergessen wir die letzte halbe Stunde.«

»Ich habe sie schon vergessen«, erwiderte er lächelnd. Und sie wußte, daß er niemandem von ihrem verbissenen Machtkampf mit dem Schöpfer erzählen würde.

Lester blickte dem Wagen der Medways eine Weile nach, bevor er sich verabschiedete und in sein kleines Auto stieg. Er war keineswegs so niedergeschlagen, wie man es von einem jungen Mann annehmen könnte, der soeben einen Korb bekommen hat. Diese Antwort akzeptiere ich nicht, dachte er wütend, als er den Motor startete. Ich werde dieses idiotische Mädchen schon kleinkriegen.

Jos Gefühle waren etwas gemischter. Ihr war, als hätte sie es im letzten Augenblick verhindert, in eine Katastrophe hineinzuschlittern. Beinahe hätte sie sich dazu bereit erklärt, zwei Jahre in Rangimarie zu leben, aber zu guter Letzt hatte sie doch ihren klaren Kopf behalten. Es kam ihr nicht in den Sinn, daß ihr Gefühl der Erleichterung vor allem Lester zu verdanken war, der ihr den geplanten dramatischen Abgang verdorben hatte. Sie sagte sich nur, wie gut es war, daß sie nicht als Feinde auseinandergegangen waren. Die Beule an ihrem Kopf mußte ihren Verstand schon sehr beeinträchtigt haben, wenn sie es riskieren konnte, den einzigen ihr ebenbürtigen Freund zu verlieren, den sie in diesem Distrikt gefunden hatte. Aber es war ja noch einmal gutgegangen. Es würde so bleiben, wie es war, sie würden ihr freundschaftliches Beisammensein genießen, bis sie in die Stadt zurückkehrte. Hätte sie ihrer Mutter die ganze Geschichte anvertraut, würde Mrs. Medway vermutlich glauben, daß ihre Tochter nicht nur eine Beule, sondern eine bedenkliche Gehirnerschütterung abbekommen hatte.

Aber sie erzählte es niemandem, und wie es in der Familie Medway üblich war, wurden auch keine Fragen gestellt. Jo schilderte ihren Sturz, machte Sheikh bittere Vorwürfe und zeigte mit perversem Stolz ihre Beule vor. Mehr brauchten sie nicht zu wissen.

Und so verging ein Tag nach dem anderen, und scheinbar hatte sich nichts geändert. Adrian kehrte zu seinem ersten Roman zurück und fertigte das endgültige Manuskript an. Christine sorgte für ihre Familie und für das Haus, und Jo verbrachte einen Großteil ihrer Zeit bei Robert und den Lämmern und war ihm eine wertvolle Hilfe.

»Eigentlich müßte ich ihr ein Gehalt zahlen«, sagte er eines Tages zu Lester, und Jo lächelte geschmeichelt.

»Ich wette, daß keine der hübschen jungen Damen von Rangimarie jemals ein Lamm zwischen den Fingern hatte«, meinte sie. »Oder kannst du dir vorstellen, daß eine von diesen Treibhauspflanzen jemals einem Mutterschaf beim Lammen helfen würde?«

»In dieser Beziehung könntest du von Beth noch einiges lernen«, entgegnete Lester boshaft.

»Beth? Aber sie hat doch niemals draußen auf der Farm gearbeitet.«

»Im Gegenteil, als im letzten Jahr die Lämmer auf die Welt kamen, war sie fast Tag und Nacht draußen, sehr zu Onkel James' Mißvergnügen. Er wollte nicht, daß sich seine Tochter mit so ›vulgären Dingen‹ abgab. Aber sie erklärte, wenn sie schon nicht Krankenschwester werden könne, wolle sie wenigstens ein paar Mutterschafen als Hebamme dienen. Tante Cynthia stellte sich auf Beths Seite, und Onkel James gab nach. Sie war schon als Kind immer mit dem alten schottischen Schafhirten, der jahrelang bei den Holdens gearbeitet hat, draußen auf der Weide. ›Mac wird auf sie aufpassen‹, sagte mein Onkel. Das hat Mac wohl auch getan, aber er hat ihr auch eine Menge beigebracht, und sie ist ein brauchbarer kleiner Schafhirte geworden. Geh doch einmal zu ihr, Jo, sie könnte dir viel erzählen.«

Lester ging ihr natürlich absichtlich auf die Nerven, das wußte sie. Es gehörte zu Jos Lebenszielen, stets etwas

Überraschendes, Unerwartetes zu tun, zum Beispiel Schafe zu hüten. Es paßte ihr ganz und gar nicht, daß ein kleiner Schwächling wie Beth das schon vor ihr getan hatte. Lester lächelte, und Robert lachte schallend. Die beiden jungen Männer waren gute Freunde geworden. Sie hatten dieselben Probleme, waren beide Farmer mit Leib und Seele, und beide mußten sich mit unrentablen Unternehmen herumschlagen. Lester wußte über die lokalen und klimatischen Bedingungen besser Bescheid, und seine Farm würde wohl eher Erfolge erzielen als »Gipfelkreuz«. Aber sie konnten ihre gemeinsamen Schwierigkeiten besprechen und einander in Krisensituationen helfen.

Das bedeutete, daß Lester auch sehr oft mit Roberts Schwester zusammenkam. Manchmal fragte er sich seufzend, was für Fortschritte er eigentlich mache. Aber er konnte diese Frage nicht beantworten. Das Mädchen war so schlüpfrig und glatt wie ein Aal. Manchmal schien er ihr sehr nahe zu sein, freute sich an gemeinsamen Interessen, freute sich über ihr Verständnis. Und dann war sie wieder das hochmütige Stadtmädchen. Ja, sie war wie ein Aal. Da glaubte man, daß man sie endlich eingefangen hatte, und im nächsten Augenblick war sie einem schon wieder entwischt. Er lächelte, als er dachte, daß dieser Vergleich nicht sehr attraktiv war. Eines Tages würden sie beide darüber lachen, denn Lester zweifelte nicht an seinem Endsieg. Jo wäre wütend gewesen, wenn sie das gewußt hätte.

Christine spielte die Rolle der stillen Beobachterin. Wenn sie vermutete, daß Lester ihrer Tochter bereits einen Antrag gemacht hatte und abgewiesen worden war, ließ sie nichts davon verlauten. Vor allem ihrem Mann gegenüber bewahrte sie Stillschweigen. Adrian wäre gerade in der richtigen Stimmung gewesen, um sich mit großem und sehr schädlichem Enthusiasmus auf Lesters Seite zu schlagen.

Diese Gefahr war um so größer, als sich Adrian plötzlich

zu langweilen begann und jede Abwechslung freudig begrüßt hätte. Inzwischen war auch der letzte Grippepatient genesen, und er hatte seine Rolle als populärer Dorfheld allmählich satt. Denn diese Rolle brachte es mit sich, daß andauernd Leute zu ihm kamen, die seine Bücher gekauft hatten und sich Widmungen hineinschreiben lassen wollten. Aber was noch schlimmer war, diese Leute wollten auch mit ihm über seine Romane reden. Wenn ein Buch erst einmal erschienen war, interessierte es Adrian nicht mehr. Dann arbeitete er meist schon an einem anderen.

Der Roman, an dem er zur Zeit schrieb, war fast fertig. Was sollte er danach machen? Der Frühling war endgültig gekommen, die Straße war fast trocken, und Robert wechselte hastig das Thema, wenn sein Vater seine Hilfe auf der Farm anbot. Oder er sagte: »Jo macht das schon. Es ist doch gut, daß sie eine Beschäftigung hat.«

Adrian hatte also nichts zu tun, und Christine befürchtete, daß sich daraus Schwierigkeiten ergeben könnten. Er hatte nicht einmal finanzielle Probleme. Sein letztes Buch hatte sich gut verkauft. Die Farm, die er aus einer Laune heraus und als eine Art Schlupfwinkel gekauft hatte, würde bessere Erträge erzielen als erwartet, und er hatte seinem Sohn geholfen, sich eine Zukunft aufzubauen. Jo würde zweifellos irgendeinen Beruf ergreifen, wenn sie in die Stadt zurückkehrten, und Christine würde einen glücklichen Sommer erleben, unbeeinträchtigt von Schulden oder Sorgen mit den Kindern. Doch bis dahin wurden die Tage immer länger, und Adrian fand immer weniger Möglichkeiten, sie auszufüllen.

»Ich langweile mich«, erklärte er seiner Familie eines Tages. »Die Leute sind nett und entgegenkommend, aber ich bin nicht geschaffen für so gewöhnliche soziale Kontakte. Ich wünschte, es würde hier mehr gemeinschaftliches Leben geben.«

Jo gestand später, daß sie in diesem Augenblick den Atem angehalten hatte. »Ich befürchtete schon, er würde vorschlagen, ein Laientheater zu gründen. Stellt euch vor, Cyril Sylvester als Romeo und ich als Julia, die alte Mrs. Holden als Amme... Nur James wäre eine Idealbesetzung für einen der widerlichen Väter gewesen.«

Aber Christine lächelte Adrian freundlich an und sagte: »Es ist doch so ein schöner Morgen. Robert will mit Kusine Jane nach Eldado fahren. Ted soll sich ihr Innenleben anschauen. Fahr doch mit und geh spazieren, während Ted an Kusine Jane herumbastelt. Du hast den Wald hinter dem Dorf noch gar nicht erforscht.«

Wie hätte Christine ahnen sollen, daß sie damit eine Zeitbombe legte?

In der Autowerkstatt und im Laden war man sehr beschäftigt, und wenn man Adrian auch herzlich begrüßte, so machte man ihm doch unmißverständlich klar, daß man keine Zeit zu langen Gesprächen hatte. Leicht gekränkt trat Adrian den Spaziergang an, den seine Frau ihm vorgeschlagen hatte. Mavis hatte auch gemeint, das wäre eine sehr schöne Wanderung, und ihm geraten, über die Wiese rechts zu gehen, an deren Ende er den Pfad finden würde. Radspuren führten durch das dichte Gebüsch. Offenbar liebten die Leute aus Eldado diesen Wald. Adrian stellte sich vor, wie sie hier an heißen Sommertagen Picknicks veranstalteten. Mit einer Mischung aus Bedauern und Erleichterung dachte er, daß er an diesen Picknicks nicht teilnehmen würde. Der Termin der Abreise stand bereits fest. Alles geht einmal vorüber, dachte er, und das ist auch gut so. »Aber ich werde diese Monate nie vergessen«, sagte er leise; er sprach mit sich selbst, wie so oft, wenn er allein war.

Doch jetzt genoß er erst einmal diesen Spaziergang. Der Wald war sehr schön, und Adrian beschloß, ihn in seinem nächsten Roman genauer zu beschreiben und die unvermeidlichen Kommentare der Kritiker zu ignorieren, die stets behaupteten, daß Neuseeland-Bücher von Pungas und Kowhais nur so wimmelten. Er würde den Wald so beschreiben, daß ihn die Stadtbewohner plastisch vor sich sahen, und dann würden sie Landschaften wie diese suchen und darin schwelgen. Er dachte sich einen wunderbaren Anfangssatz aus, und dann flüsterte er: »Zum Teufel mit den Kritikern«, wobei er fast über eine Wurzel gestolpert wäre. Danach beschloß er, später über sein neuestes Werk nachzudenken.

Und so wanderte er weiter, ganz versunken in die Schönheit seiner Umgebung. Der Wald war schon viel zu oft mit gotischen Kathedralen verglichen worden, aber es war schon was dran an diesem Vergleich, wenn man den Säuleneffekt der hohen Trauerzypressen betrachtete, die schlanken, geraden jungen Kaurifichten, das Gewölbe der Baumfarne. Licht und Schatten spielten auf dem weichen Moosboden, und nur das Zwitschern der Vögel durchbrach das Schweigen. Der Hügel war steil, aber Adrian stieg rasch bergan und freute sich auf die Aussicht, die er vom Gipfel aus genießen würde.

Ein warmes Gefühl des Verbundenseins mit den Menschen, die hier lebten, erfüllte sein aufnahmebereites Herz. Er war nicht allein mit seiner Liebe zu diesem Wald. Auch die Leute aus Eldado und den umliegenden Farmen kamen gern und oft hierher. Er fand viele Radspuren im weichen dunklen Erdreich, und jeden Augenblick konnte er einen idealen Picknickplatz entdecken. Das tiefe Tal, das er in einer Minute sehen würde, wäre so ein idealer Platz, und er beschleunigte seine Schritte. Ein wenig atemlos stand er dann auf dem Gipfel. Plötzlich erschauerte er, denn eine große Ratte huschte über seinen Schuh hinweg und verschwand dann im Gebüsch. Adrian mochte Ratten nicht, aber er beruhigte sich wieder. Das war ja keine ekelhafte

Haus-, sondern eine Buschratte, deren gutes Recht es war, hier zu leben. Diese Ratten waren schon durch diesen Wald gerannt, bevor der erste Mensch seinen Fuß hineingesetzt hatte. Adrian fühlte sich bei diesem Gedanken getröstet und blickte in das Tal hinab, das vor ihm lag.

Es war ein Augenblick vollkommener Stille, und dann sprach Adrian – nicht nur laut, er schrie geradezu. »Großer Gott, was haben sie denn da gemacht?« Und dann schloß er die Augen, ein verzweifelter, geschlagener Mann.

Denn das kleine Tal bot nicht den bezaubernden Anblick, den er erwartet hatte. Es war grausig anzusehen, und es stank. Müll bedeckte die Hänge gegenüber, das Gras verschwand unter Massen leerer Blechdosen, zerbrochener Bretter, alter Teppiche, und sogar eine alte Blechbadewanne rostete trübsinnig vor sich hin. Mit Entsetzen erkannte Adrian, daß die Müllhalde von Eldado vor ihm lag, daß die vielen Wagenspuren nicht zu hübschen Picknickplätzen führten, sondern zu diesem gräßlichen kleinen Tal, wo die Dorfbewohner und Farmer ihren Abfall deponierten.

Adrian schlug die Augen wieder auf und starrte in schaudernder Faszination auf das grausige Bild, das sich ihm bot. Da hatten sie doch tatsächlich dieses wunderbare Tal mißbraucht, um hier die Sachen abzuladen, die sie nicht mehr haben wollten. Sogar ein altes Klo thronte auf dem Müllhaufen und schien Adrian spöttisch anzugrinsen, und vor einem Berg von verfaulten Essensresten hockten zwei große dicke Ratten. Fröstelnd erinnerte er sich an das Vieh, das ihm vorhin über den Schuh gerannt war. Das war keine saubere Buschratte gewesen, unattraktiv, aber mit gesundem Lebensstil. Nein, das Tier war auf dem Weg zu dieser Mistgrube gewesen.

Er wandte sich ab und fand keine Freude mehr an dem unverdorbenen Wald, der zwischen ihm und dem Dorf lag. Die Schönheit des Waldes endete abrupt in Schmutz und

Verfall. Traurig trat er den Rückweg an, starrte erbost auf die Wagenspuren, die ihn zuvor so entzückt hatten. In diesen Autos hatten keine Naturfreunde gesessen, sondern brutale, phantasielose Geschöpfe. Und da Adrian zu Extremen neigte, verdammte er sie alle rückhaltlos.

Er flüsterte Worte vor sich hin, die seine Freunde in Eldado schockiert hätten, gab ihnen alle Schimpfnamen, die ihm nur einfielen. Er war außer sich vor Wut, und es war nur gut, daß er einen langen Marsch vor sich hatte. So konnte er sich ein bißchen abreagieren, bevor er zu Mavis in den Laden zurückkehrte.

Sie blickte nur kurz von dem Paket auf, das sie gerade verschnürte. »Nun, war es schön? Du siehst ja ganz erschöpft aus.«

»Ich bin nicht erschöpft«, erwiderte Adrian mit mühsamer Beherrschung. »Ich bin wütend.«

Mavis legte das Paket beiseite und sagte besorgt: »Ich glaube, jetzt hast du diesen ekligen Bazillus doch noch aufgefangen. Du hättest vorsichtiger sein müssen.«

Dieser Angriff auf seine göttergleiche Immunität irritierte ihn, aber er riß sich zusammen und sagte mit ruhigerer Stimme: »Ich bin den Wagenspuren gefolgt und durch einen wunderbaren jungfräulichen Wald gegangen, etwa zwei Kilometer weit. Und dann kam ich zu dieser verdammten Müllhalde. Ich habe einen Schock erlitten.«

Mavis lächelte erleichtert, und dann sagte sie: »Oh, da bist du in die falsche Richtung gegangen. Es gibt zwei Wege am Fuß des Hügels, und du hättest nach rechts gehen müssen, nicht nach links. Schade! Nun hast du dir deine schöne Wanderung verpatzt. Ich hätte dich warnen sollen. Na ja, Hauptsache, du hast keine Grippe.«

»Es war viel schlimmer als Grippe. Außerdem habe ich dir ja gesagt, daß ich immun gegen Grippeviren bin. Aber diese Müllhalde verschandelt die ganze Landschaft. Da sieht man wieder einmal, was der Mensch der Natur alles antun kann.«

Mavis lächelte nachsichtig und sagte, sie würde ihm jetzt eine Tasse Kaffee machen und er solle sich doch nicht so über diese alte Mistgrube aufregen. Und zu sich selbst sagte sie, daß er nun einmal ein Schriftsteller sei und als solcher gewisse Schwächen habe. Sie ärgerte sich ein bißchen über ihn, aber dann erinnerte sie sich, wie aufopfernd er sie gepflegt und Bruce im Laden geholfen hatte. Nach einer Tasse Kaffee würde er schon wieder normal werden. »Es ist natürlich schade um das schöne Tal«, sagte sie besänftigend, »aber irgendwo müssen wir ja unseren Müll abladen, den wir nicht verbrennen können. Bei uns gibt's keine Müllabfuhr wie bei euch in der Stadt.«

»Aber dieses schöne Tal so zu mißbrauchen – das ist ja fast kriminell.«

»Wie schmeckt dir der Kaffee? Komm, iß ein Biskuit. Es tut mir leid, daß du die Müllhalde gesehen hast, aber was sollen wir denn machen?«

Verzweifelt sah er sie an. Dann erinnerte er sich, wie freundlich sie immer zu ihm war und daß sie kein leichtes Leben hatte. Natürlich hatte sie zuviel zu tun, um sich Gedanken über Umweltschutz zu machen. »Der Kaffee ist sehr gut... Warte, ich hole dir die Konservendosen herunter!« Und er half ihr, wie er es so oft in den zwei Wochen ihrer Krankheit und Rekonvaleszenz getan hatte.

Der alte Junge hat sich seinen Kummer von der Seele geredet, und nun ist alles wieder in Ordnung, dachte Mavis. Künstlerische Menschen müssen sich eben ausdrücken, und es ist viel besser, wenn er sich bei mir über die Müllhalde beschwert, als wenn er einen Zeitungsartikel darüber schreibt.

Aber er war seinen Kummer nicht losgeworden. Er fraß sich fest in seiner Seele. Auf dem Heimweg erzählte Adrian seinem Sohn davon, und Robert war wie er der Meinung, es sei ein Jammer, aber er stellte sich auf Mavis' Seite. Was sollten die Leute denn sonst machen? Er selbst hatte ein Stück vom Haus entfernt eine tiefe Müllgrube, und wenn sie voll war, würde er eine neue ausheben. Nein, er würde das Zeug niemals in den Wald werfen.

Diese Versicherung beruhigte Adrian ein wenig. Sein Sohn würde den jungfräulichen Wald nicht schänden. Doch das Gefühl der Befriedigung hielt nicht lange an, und kurze Zeit später schilderte er Christine in dramatischen Worten seinen Waldspaziergang, der an einem »Ort des Grauens« geendet hatte. Sie stimmte ihm zu, daß das sehr traurig sei, aber auf dem Land sei das nun einmal so üblich. »Wenigstens haben sie ihren Müll in einem versteckten Tal abgeladen und nicht am Straßenrand.«

»Sie haben damit eines der schönsten Fleckchen auf Gottes Erde entweiht«, stieß Adrian erbost hervor. »Sie ruinieren den Wald, unseren Nationalstolz.«

Christine bereitete das Abendessen vor und bemerkte achtlos, die Leute seien eben ungebildet und würden sich nicht den Kopf über die Umweltverschmutzung zerbrechen, ein Thema, das zur Zeit die Gemüter der Stadtbewohner und Journalisten so erhitze. Später sollte sie diese Worte bitter bereuen, denn damit war die »große Idee« geboren.

Am nächsten Tag schlenderte Adrian glücklich durch den Wald hinter dem Haus, und dann teilte er seiner Familie das Ergebnis eines Denkprozesses mit. »Ich habe mir einige Gedanken über diese Müllhalde gemacht – und auch über deine Bemerkung von gestern abend, Christine. Diese Leute sind ungebildet, man muß sie unterrichten und ihnen Denkanstöße geben. Sie sind das Salz der Erde, wie wir alle wissen, aber sie sind es nicht gewöhnt, abstrakt zu denken. Es ist ihnen nicht bewußt, wie wichtig die Umwelt ist, in der wir leben. Sie erkennen auch nicht, was auf dem Spiel steht – nicht nur ihre Gesundheit, sondern auch die künftiger Generationen.«

Jo verdarb die Wirkung dieser Rede, indem sie in Gelächter ausbrach. »Was hast du vor, Adrian? Wir kennen doch die Anzeichen. Immer, wenn du dich so gestelzt ausdrückst, hast du dir irgendeinen Unsinn ausgedacht.«

Er warf ihr einen mißbilligenden Blick zu und fuhr fort: »Man muß den Leuten nur klarmachen, was sie bisher versäumt haben. Sie brauchen einen Mann, der ihre Gedanken in die richtigen Bahnen lenkt. Erst heute morgen habe ich mich gefragt, wie ich die zwei Monate, die ich noch hier verbringen werde, sinnvoll nutzen könnte. Nun weiß ich es. Ich habe erkannt, daß ich diese Menschen wachrütteln muß. Ich muß ihnen zeigen, welche Folgen ihr achtloser Umgang mit der Mutter Natur haben wird. Ich muß sie lehren, ein klügeres, gesünderes Leben zu führen.«

Reines Entzücken lag in seinem Blick. Doch wiederum wurde die Wirkung verdorben, und zwar durch Jos respektlose Bemerkung, er blicke so verklärt drein, als habe ihn ein göttlicher Ruf ereilt. Robert grinste nur und dachte: Der alte Knabe sieht sich nun als Apostel von Eldado. Mir soll's recht sein, solange ihn sein neuer Spleen davon abhält, mir auf der Farm zu helfen... Jo fügte hinzu, Adrian würde die Leute schrecklich langweilen, aber sie würden es über sich ergehen lassen, weil sie ihn liebten.

Christine brachte es nicht übers Herz, ihn auch so brutal zu enttäuschen wie seine Tochter, und so schlug sie vor: »Du könntest doch eine Versammlung einberufen, Adrian – oder einen Verein gründen.«

Später, als ihre Kinder ihr Vorwürfe machten, verteidigte sie sich: »Was sollte ich denn tun? Er war so voller Feuereifer, und ich wollte ihn nicht kränken. Außerdem langweilt er sich.«

»Und nun wird er seine gesamte Umgebung langweilen«, sagte Jo.

»Nein, das glaube ich nicht. Sehr viel Zeit hat er ja nicht

mehr. Er wird ein oder zwei Versammlungen einberufen, die Leute werden ihm geduldig zuhören, und wenn wir abgereist sind, werden sie alles wieder vergessen. Und außerdem finde ich es auch schrecklich, daß sie die schöne Landschaft mit ihrem Müll verschandeln.«

»Glaubst du wirklich, daß Adrian irgendwas daran ändern kann?« fragte Robert. »Kannst du dir vorstellen, daß vielbeschäftigte Farmer nun plötzlich anfangen werden, Gruben für ihren Müll auszuheben?«

»Und was sollen die Beltons und die Jacksons machen?« fügte Jo hinzu. »Sie haben im Dorf doch gar keinen Platz für Müllgruben.«

Christine zuckte mit den Schultern. »Das kann ich nicht beurteilen, aber es schadet bestimmt nichts, wenn Adrian mal an das Gewissen der Leute appelliert.«

Jo lachte und umarmte sie impulsiv. »Dir ist das doch völlig egal, solange Adrian nur glücklich und beschäftigt ist. Du bist eine Frau ohne Prinzipien.«

Christine wußte, daß sie einen Stein ins Rollen gebracht hatte, aber sie hatte keine Gewissensbisse. Wie sie gesagt hatte, schaden konnte es nichts, wenn den Leuten vor Augen geführt wurde, was für ein Verbrechen sie an der Natur begingen. Adrian ging voller Enthusiasmus ans Werk. Er entwarf eine Anzeige für die Avesville-Zeitung und malte zwei große Plakate, die im Laden und in der Tankstelle aufgehängt werden sollten.

Robert betrachtete die Kunstwerke skeptisch. »Ich werde wohl auch hingehen müssen, wohl oder übel. Wir Farmer sind alle gleich. Wir hassen Versammlungen, auch wenn es um wichtige Probleme geht wie Schafwoll- oder Butterpreise. Aber was glaubst du wohl, wie die Einheimischen auf die Einladung zu einer Versammlung reagieren werden, bei der über Umweltverschmutzung debattiert werden soll?«

»Ich glaube, sie werden ein- oder zweimal kommen, weil

sie Adrian gern haben«, meinte Jo, »und weil sie sich dazu verpflichtet fühlen, nachdem er sich während der Grippeepidemie so nett um sie gekümmert hat. Ja, ich bin überzeugt, sie werden sich Mühe geben, solange er noch hier ist.«

»Und wenn er nicht mehr da ist, werden sie ihren Müll wieder in diesem Tal abladen wie zuvor. Sie werden natürlich ein schlechtes Gewissen dabei haben, und ein paar werden ihre rostigen Blechbüchsen auch irgendwo eingraben. Aber das wird ihnen bald zu mühsam werden, und dann wird wieder alles beim alten sein.«

»Immerhin wird die Verschandelung des Waldes etwas hinausgezögert«, sagte Christine, »und euer Vater hat während der letzten zwei Monate seines Landlebens eine Beschäftigung.«

Und er war tatsächlich vollauf beschäftigt. Er gab die Annonce auf, er überredete Bruce und Ted, die Plakate aufzuhängen, und sprach mit allen verfügbaren Dorfbewohnern über die Versammlung, die in vierzehn Tagen stattfinden sollte. Sie hörten ihm höflich zu, erklärten, es sei tatsächlich eine Schande, das schöne Tal so zu mißbrauchen, und beschlossen, die Ladungen zu vergessen, die sie dort während der letzten Monate deponiert hatten. Als er sie fragte, ob sie zu der Versammlung kommen würden, bejahten sie alle und verbargen ihren Widerwillen, weil sie ihn gern hatten. Natürlich würde es eine Qual sein, nach einem harten Arbeitstag an einem so überflüssigen Diskussionsabend teilzunehmen. Aber der Bursche hatte ihnen allen geholfen, als sie krank waren, also konnte man ihm diesen Wunsch nicht abschlagen.

»Wenigstens werden sie alle kommen«, sagte er zu seiner Familie, »und wenn sie erst einmal alle versammelt sind, wird es mir auch gelingen, ihr Interesse zu wecken. Ich werde mir große Mühe geben mit meiner Rede. Ich will natürlich niemanden kränken, und ich habe gehört, daß manche Farmer sehr empfindlich sein können. Es wird auch schwierig sein, den richtigen Ton zu finden, der sowohl die Bewohner von Rangimarie als auch die kleinen Farmer anspricht. Die leben ja doch in verschiedenen Welten.«

»Und die Maori?«

Adrian mußte zugeben, daß er in dieser Hinsicht nur einen Teilerfolg erzielt hatte. Das Oberhaupt der Maori hatte ihm höflich zugehört und dann erklärt: »Niemand kann Ihre Gefühle besser verstehen als wir. Der Wald ist uns heilig, und wir ruinieren ihn auch nicht, so wie die Pakeha mit ihrem Müll. Aber das ist nicht unsere Sache. Natürlich verderben wir unseren Wald nicht; wir vergraben alle unsere Abfälle, die wir nicht verbrennen können, und lassen sie nicht einfach herumliegen. Aber was die Pakeha machen, geht uns nichts an.«

Er zeigte Adrian sogar eine seiner Müllgruben, und der Schriftsteller war voll des Lobes. »Wenn die Pakeha nur auch so vernünftig wären! Wenn Sie zu unserer Versammlung kämen und ihnen erzählten, wie Sie das machen, wären sie sicher beschämt und würden Ihrem Beispiel folgen.«

Die Einladung wurde abgelehnt – höflich, aber bestimmt. »Wir mögen und respektieren Sie, Mr. Medway«, sagte der Maori mit ruhiger Stimme. »Wir mögen und respektieren auch unsere Pakeha-Freunde in Eldado. Aber sie leben meilenweit weg von uns, und wir sehen sie fast nie. Seit zwei Generationen leben und arbeiten wir auf unsere Weise. Wir mischen uns nicht in die Angelegenheiten der Pakeha ein, und sie lassen uns in Ruhe. Es wäre eine Beleidigung, wenn wir nun zu dieser Versammlung kämen und ihnen sagten, was sie tun und lassen sollen. Wir würden es auch nicht dulden, wenn sie plötzlich zu uns kämen und uns Vorschriften machten. Wenn die Pakeha Schwierigkeiten haben, helfen wir ihnen. Fünf Männer aus meiner Siedlung haben im Maori-Bataillon gekämpft. Sie kämpften, um unsere Lebensform zu schützen – die Ihre und die unsere. Aber nun können wir unsere Prinzipien nicht ablegen, auch nicht Ihnen zuliebe. Wir wissen, daß Sie nur weise Entscheidungen treffen, und wir wünschen Ihnen viel Erfolg. Aber Sie dürfen nicht von uns verlangen, daß wir unsere Gewohnheiten aufgeben.«

Adrian erkannte, daß es sinnlos wäre, weitere Argumente vorzubringen. Das würde der Maori als Impertinenz auffassen. »Aber Sie werden mir doch erlauben, den Pakeha zu erzählen, auf welche Weise Sie sich des Mülls entledigen, wie hygienisch und nachahmenswert Ihre Methode ist?«

Der hochgewachsene Maori lächelte. »Seltsam, daß man nun ausgerechnet von den Maori Sauberkeit lernen will... Sie können den Pakeha natürlich erzählen, wie wir mit unserem Müll fertig werden. Aber die Ratschläge müssen von Ihnen kommen, nicht von uns.« Und dann lud er Adrian noch zu einem ausgezeichneten Abendessen ein.

Mavis hatte ihrem Mann und den Jacksons schon erzählt, wie sehr sich Adrian über die »Entweihung des Waldes« aufgeregt hatte, und so waren sie nicht überrascht, als er mit seinen Plakaten ankam. Er bat sie, seine Kunstwerke an gut sichtbaren Stellen aufzuhängen und auch mit den Leuten darüber zu reden. Das versprachen sie, und da die Versammlung in der kleinen Gemeindehalle stattfinden sollte, die kaum einen Steinwurf weit von Tankstelle und Laden entfernt lag, versicherten sie auch, daß sie an dem bedeutsamen Abend erscheinen würden. Als er gegangen war, sahen sie einander an und lächelten. »Er ist ja ein netter Junge – aber daß diese Schriftsteller immer einen Elefanten aus einer Maus machen müssen«, meinte Ted.

»Nun ja, wenn ihm soviel dran liegt, dann gehen wir eben hin«, sagte Bruce mit einem Seufzer. »Wir dürfen nicht vergessen, wie gut er zu uns war, und ewig wird er ja nicht hierbleiben.«

11

Auch in Rangimarie wurde ausgiebig diskutiert. »Seltsam, daß wir uns an einer Debatte über Probleme beteiligen sollen, die uns gar nicht betreffen«, meinte James Holden. »Ich würde mich natürlich dafür interessieren, wenn es um Rindfleisch- oder Schafwollpreise ginge. Ich weiß nicht recht, ob ich mich da wirklich zeigen soll. Wir haben uns nie mit diesen Leuten abgegeben und sind immer sehr gut dabei gefahren. Und dieser eine Versuch eines Familienmitglieds, sich auf eine Ebene mit diesen kleinen Farmern zu stellen, hat ja zu einer Katastrophe geführt.«

»Meinst du etwa Beths Ehe?« fragte Cynthia erschrocken. »Also wirklich, James! Der junge Mann ist durchaus gesellschaftsfähig, und Beth scheint sehr glücklich zu sein. Sie bauen sich ein sehr hübsches Haus – natürlich kleiner als unseres, aber viel gemütlicher.«

Holden erklärte streng, es gebe wichtigere Kriterien als die Gemütlichkeit einer Wohnküche, dann fuhr er nachdenklich fort: »Immerhin, Medway ist ein netter Kerl und ein Gentleman. Er hat seine Fähigkeiten während der Grippeepidemie unter Beweis gestellt. Und er zeigt viel Gemeinschaftssinn. Vielleicht sollten wir seinem Beispiel folgen, wenn es diesmal auch um eine relativ unwichtige Sache geht.«

Die alte Mrs. Holden beendete die Diskussion, indem sie mit fester Stimme sagte: »Natürlich mußt du hingehen, James. Die Umweltverschmutzung ist nicht auf die leichte Schulter zu nehmen nach allem, was ich darüber gelesen habe, und es ist doch wirklich ein Skandal, daß die Leute ihren Mist einfach in den Wald werfen.«

James runzelte unbehaglich die Stirn. Er hatte immer gehofft, daß seine Mutter nichts davon wüßte. Aber wenn zum

Beispiel die Schafe geschoren wurden, waren alle Leute auf der Farm beschäftigt, außer ihm selbst, und von ihm konnte man natürlich nicht erwarten, daß er eine Müllgrube aushob. Einmal war die alte Grube plötzlich übergequollen, und er hatte eine geheime Besprechung mit dem alten Mac abgehalten. Am nächsten Morgen war eine Ladung von Dosen und Flaschen auf diese Müllhalde im Wald gewandert. Mac hatte das selbst erledigt, denn er war der einzige, der den Mund halten konnte. James hatte immer geglaubt, dies sei eine der wenigen Aktionen gewesen, die den Adleraugen seiner Mutter entgangen waren. Jetzt war er nicht mehr so sicher. Bei dem Wort »Mist« hatte sie ihm nämlich einen vielsagenden Blick zugeworfen.

»Du hast natürlich recht, Mutter«, sagte er hastig. »Cynthia und ich werden hingehen, und ich werde auch mit Cyril und seinen Eltern reden. Sie kennen Medway zwar kaum, aber sie werden sicher meinem Beispiel folgen, wenn ich die Versammlung besuche.«

Am nächsten Tag sagte Adrian zu Christine: »Ich habe Holden getroffen. Er wird auch kommen. Und wenn er kommt, kommen die Sylvesters auch.«

Die Frage, ob auch Lester erscheinen würde, sprach man nicht einmal aus. Wenn es sich um ein Projekt Adrian Medways handelte und wenn Jo dort sein würde, konnte man fest mit der Anwesenheit des jungen Mannes rechnen. Plötzlich fand Christine, es sei nun an der Zeit, die Karten auf den Tisch zu legen – zum erstenmal, seit Jo erwachsen war. »Da wir gerade von Lester reden, Jo – was hast du eigentlich vor?«

»Was für eine Frage! Was soll ich denn vorhaben?«

»Weil du immer irgendwas vorhast, und diesmal waren die Anzeichen deutlicher zu erkennen als sonst. Du bist doch oft mit ihm zusammen, nicht wahr?«

»Und wenn... Chris, was ist denn in dich gefahren? Du

hast dich doch nie darum gekümmert, was ich tue, und jetzt bin ich fast dreiundzwanzig. Findest du nicht, daß du ein bißchen spät damit anfängst?«

»Tut mir leid, Liebes, aber wenn du auch älter wirst, du wirst immer mein Kind bleiben. Und ich will nicht, daß du etwas tust, das du später vielleicht bereuen wirst.«

»Worauf willst du eigentlich hinaus?«

»Nun ja – Lester ist ein bißchen anders als die Jungs, die du erst eingefangen und dann wie gebrauchte Putzlappen weggeworfen hast. Er ist achtundzwanzig und ein lebenserfahrener, ernsthafter junger Mann. Aber er ist nicht frei. Er ist an die Farm gebunden, bis das Unternehmen wieder rentabel genug ist, um beim Verkauf einen guten Preis zu erzielen. Ich weiß, daß du ihn magst. Ich nehme sogar an, daß du ihn liebst. Aber könntest du dich damit abfinden, zwei Jahre in Rangimarie zu leben?«

»Wir haben uns darauf geeinigt, gute Freunde zu sein. Chris – du warst immer fair und ehrlich zu mir, also will ich auch ehrlich sein. An dem Tag, als ich von der Leiter fiel, sagte mir Lester, daß er mich liebt. Da fällt mir übrigens ein, daß er mir gar keinen Heiratsantrag gemacht hat. Was für ein Versäumnis... Aber im Ernst, Chris, ich liebe ihn auch. Doch wenn ich mir vorstelle, daß ich zwei oder drei Jahre in Rangimarie ausharren müßte, vielleicht noch länger, wenn die Marktlage ungünstig ist, möchte ich am liebsten schreien. Ich weiß nicht, ob es mir das wert ist...«

»Wenn du es nicht ein paar Jahre lang in Rangimarie aushalten kannst, dann liebst du ihn nicht, und je eher du dich von Lester trennst, desto besser. Übrigens, unser Mieter in der Stadt wird wahrscheinlich schon einen Monat früher nach England zurückkehren, als er es ursprünglich vorhatte. Wir könnten also einen Monat früher in die Stadt zurückfahren.«

Plötzlich stieg Panik in Jo auf. »Müssen wir wirklich

schon abreisen, bevor das Jahr um ist?«

»Ja, wenn unser Mieter früher nach England zurückfliegt. Ich möchte das Haus nicht vier Wochen lang leerstehen lassen. Du weißt doch, ich habe immer solche Angst vor Einbrechern.«

Daß ihr die Probleme ihrer Tochter viel größere Sorgen bereiteten als eventuelle Einbrecher, sagte Christine nicht. Sie war überzeugt, daß Jo endlich einen Mann gefunden hatte, mit dem sie glücklich werden könnte. Sicher, es würde Höhe- und Tiefpunkte geben, wie das bei Jo nicht anders möglich war. Aber Lester würde wohl nur die Höhepunkte registrieren. Andererseits konnte sich Christine ihre Tochter nicht in Rangimarie vorstellen. Jo mit ihren radikalen Ansichten, mit ihrer eigenwilligen Kleidung, Jo mit ihrem sehr modernen Lebensstil und ihrer unbekümmerten Ausdrucksweise in einer solchen Umgebung? Aber das war ein Problem, das Jo allein lösen mußte, und so meinte Christine fröhlich: »So, das war jetzt ein richtig altmodisches Gespräch zwischen Mutter und Tochter. Sag mir Bescheid, wenn du dich entschieden hast, und ich wünsche dir viel Glück. Aber nun wollen wir uns erst einmal um die Versammlung kümmern.«

Der Abend, an dem Adrians Diskussionsrunde stattfinden sollte, war kalt und stürmisch. In einem Dutzend Häuser zogen sich die Männer nach harten Arbeitsstunden um und verwünschten Adrian und seine Versammlung. »Und dabei wollte ich doch hier sein, wenn Daisy kalbt«, sagte der junge Besitzer einer Rinderfarm.

»Verdammtes Wetter«, meinte Cyril Sylvester erschauernd und band seine zweitbeste Krawatte um.

»Ich würde viel lieber daheim bleiben, es ist so gemütlich am Kamin«, sagte eine der Damen, während sie einen Teller mit Biskuits und Kuchen vorbereitete, denn nach der Diskussion wollte man sich natürlich noch ein wenig unterhalten und den neuesten Klatsch austauschen.

Der einzige, der nicht murrte, war Lester Severne. Sicher, er hatte einen anstrengenden Arbeitstag bei seinen Rindern und Schafen verbracht, und er hatte keine große Lust, sich feinzumachen. Aber das tat er in letzter Zeit ja oft genug, wenn er Jo am Feierabend besuchte. Auch heute würde er sie sehen, und wenn er Glück hatte, würde er neben ihr sitzen. Und er mußte sich mit seinem Auto nicht einmal über diese unbeschreibliche Lehmstraße quälen, die noch längst nicht trocken war. Ja, im großen und ganzen freute sich Lester auf die Versammlung.

Und Adrian freute sich auch. Er hatte eine Rede vorbereitet und sie Christine probeweise vorgetragen, die als einzige wußte, wieviel Mühe Adrian immer in seine »kleinen improvisierten Ansprachen« investierte. Er war überzeugt, daß es ihm gelingen würde, die Leute aus ihrem Dornröschenschlaf zu reißen und ihnen den Übergang in ein neues Zeitalter zu erleichtern. Danach konnte er sich beruhigt in sein komfortables Stadthaus zurückziehen, mit dem Bewußtsein, etwas geleistet zu haben.

Alle Farmer hatten sich eingefunden, das Kontingent aus Rangimarie ebenso wie die Bewohner von Eldado, die Männer mit erwartungsvollem Grinsen, die Frauen mit Kuchen- und Sandwichplatten beladen.

Die Familie Medway traf schon eine halbe Stunde vor der vereinbarten Zeit ein, weil Robert gefahren war und nicht Adrian und weil das Auto die Lehmstraße zum erstenmal in diesem Frühling ohne Ketten bewältigen konnte. Kaum hatten sie die Gemeindehalle betreten, als sich auch schon Lester zu ihnen gesellte. Wie selbstverständlich nahm er zwischen Jo und Robert Platz, während Adrian in die Rolle des Gastgebers schlüpfte, sich am Eingang postierte und jeden Diskussionsteilnehmer persönlich begrüßte. Beth und Craig wirkten ein wenig nervös, als sie in die Halle kamen.

Dies war immerhin ihr erster gemeinsamer Auftritt in der Öffentlichkeit.

James Holden begrüßte Adrian überraschend herzlich und sagte so laut, daß es die ganze Versammlung hören konnte: »Meine Mutter geht abends leider nicht mehr aus, aber sie sendet Ihnen ihre besten Wünsche und diese kleine Spende, die der guten Sache dienen soll.« Er überreichte Adrian einen Umschlag, in dem, wie sich später herausstellte, ein Scheck über eine beträchtliche Summe steckte. Nachdem diese wichtige Zeremonie beendet war, gingen die Bewohner von Rangimarie zu den Plätzen in der ersten Reihe, die man natürlich für sie freigelassen hatte.

Danach entstand eine kleine Verlegenheitspause, die Holden und Trent gleichzeitig zu überbrücken versuchten. Trent überließ James Holden natürlich das Wort, und dieser schlug vor, daß Mr. Medway nun bitte »ans Rednerpult treten und uns allen erzählen möge, warum wir hier sind«.

Mit einem bescheidenen Widerstreben, das er vielleicht ein wenig übertrieb, bestieg Adrian das Podest. »Das errötende Veilchen«, flüsterte seine unverbesserliche Tochter in Lesters Ohr und wurde streng zum Schweigen ermahnt. An Lesters anderer Seite wisperte Robert: »Jetzt wirst du gleich hören, wie ihnen der alte Knabe Honig ums Maul schmiert.«

Und genau das tat Adrian. Er war ein guter Redner, und er wußte, wie er seiner Zuhörerschaft schmeicheln mußte. Er schilderte seine Waldwanderung in poetischen Worten, war aber viel zu klug, seine Gefühle beim Anblick der Müllhalde zu beschreiben. Statt dessen sprach er von der Schönheit der Natur, die man bewahren müsse, schimpfte voller Verachtung auf die Städter, die aufs Land fuhren und ihren Müll irgendeinem Farmer vor die Tür warfen. Er habe das oft genug gesehen, wenn er in Stadtnähe unterwegs gewesen war, und er wisse natürlich, daß er hier vor einem solchen Anblick sicher sei. An diesem Punkt applaudierten die Zuhörer begeistert. Sie lebten zu abgeschieden, um selbst unter solchen Unannehmlichkeiten zu leiden, aber sie alle hatten in stadtnäheren Gebieten gesehen, daß dergleichen üblich war.

»Meine Damen und Herren«, fuhr Medway fort und machte dann eine kleine Pause. »Oder darf ich ›meine Freunde‹ sagen, weil ich fühle, daß ich hier Freundschaften fürs Leben geschlossen habe?« Nun waren sie alle tief gerührt, und wieder ertönte heftiger Applaus. Adrian war in seinem Element. Er sprach von dem mühsamen Tagewerk der Farmer, wie anstrengend es sei, Müllgruben auszuheben, wie zeitraubend. »Und gerade die Zeit und die Arbeitskraft sind die kostbarsten Güter des Farmers...« Und dann unternahm er das Wagnis, von den Maori zu sprechen, von der unberührten Sauberkeit ihrer Wälder. Damit hatte er die Leute mitten ins Herz getroffen.

»Wenn ein Maori seine Farm und seinen Wald sauberhalten kann, dann kann ich das auch!« rief ein Mann, und Medway war entzückt über diese Unterbrechung. Das war genau die Reaktion, auf die er gehofft hatte.

Er erzählte ein wenig über die Anti-Umweltverschmutzungskampagne, die zur Zeit in den Städten geführt werde, ging davon aus, daß seine Zuhörer natürlich alle Bescheid darüber wüßten. Er lobte diese Bemühungen, gab aber zu, daß sie manchmal in Fanatismus ausarteten. Es sei jedoch immer besser, einem Problem mit übertriebener Vehemenz zu Leibe zu rücken, als in Apathie zu verfallen und ein Problem zu übersehen, das für die nächste Generation zur ernsten Gefahr werden könne. Als er merkte, daß sein Publikum der Meinung war, die Nachwelt könne für sich selber sorgen, hielt er sich nicht länger bei diesen Überlegungen auf. Statt dessen sagte er, wie tief er es bedaure, daß eine sonst so fortschrittliche Gemeinde in diesem einen Punkt dem modernen Zeitalter hinterherhinke. »Wie schön ist doch unsere Welt... Wir haben dunkle Wälder, Flüsse, die im Sonnenlicht glitzern, blaue Berge in der Ferne, üppig grüne Täler. Aber wir müssen diese Schönheit bewahren. Und es wäre doch gelacht, wenn uns das nicht gelänge!«

Rauschender Beifall belohnte diesen dramatischen Schlußsatz, Medway nahm seinen Platz wieder ein, immer noch begleitet von donnerndem Applaus. Er erinnerte sich an Christines milde Kritik nach einer Rede, die er vor einem anderen Publikum gehalten hatte. »Liebling, du hast danach so selbstzufrieden ausgesehen. Kein Wunder, du hast sie ja auch von den Stühlen gerissen.« Er hatte erklärt, das sei Unsinn, er habe gelangweilt ausgesehen, und sie hatte ihm nicht widersprochen. Für alle Fälle bemühte er sich diesmal, seine Gesichtszüge so zu arrangieren, daß sie den Eindruck simpler Bescheidenheit vermittelten. Es war das Gesicht eines Mannes, der nun auf klügere Worte wartete, als er sie soeben von sich gegeben hatte.

Erst einmal entstand ein langes, ziemlich peinliches Schweigen, dann erhob sich James Holden und hielt eine langweilige Rede. Er dankte dem Vorredner und stimmte dessen Ansichten zu. »Doch Worte genügen nicht, wir müssen etwas tun.« Mit diesem Satz glaubte er seiner Pflicht Genüge getan zu haben und setzte sich wieder.

Dann ergriff Malcolm Trent das Wort und ging gleich zu praktischen Erwägungen über. Man solle ein Komitee bilden, das den Wald überwachen und den Leuten Ratschläge erteilen könnte, wie sie ihren Müll zu beseitigen hätten. Das Komitee müsse auch dafür sorgen, daß nicht überflüssigerweise Bäume gefällt würden, und generell die Interessen des Distriktes wahren. Niemand habe sich so intensiv mit diesen Problemen befaßt wie Mr. Medway, und deshalb schlage er ihn als Vorsitzenden des Komitees vor.

Medway erklärte mit tiefbetrübter Miene, daß die Zeit, die er noch auf »Gipfelkreuz« verbringen werde, unglücklicherweise knapp bemessen sei. »Bald muß ich dieses schöne Fleckchen Erde verlassen und zurückkehren zu meiner Arbeit, in die Tretmühle der großen Stadt.«

»Um die Wahrheit zu sagen, er kann es schon kaum mehr erwarten«, flüsterte Jo und wurde erneut zum Schweigen gebracht.

Dies war Adrians großer Augenblick, und er schwelgte wortgewandt in den Freuden des einfachen Lebens und tat überzeugend sein Bedauern kund, daß er diesem Leben nun den Rücken kehren müsse. Doch deshalb sei es natürlich besser, wenn er den Vorsitz des Komitees einem anderen überlasse.

Damit war die Debatte an einem toten Punkt angelangt. Die Leute aus Rangimarie wollten, daß einer der Ihren Vorsitzender wurde, und zwar James Holden. Es war nur zu offensichtlich, daß der weit größere Rest der Zuhörerschaft das nicht wollte und auf Malcolm Trent hoffte. Dieser rettete die Situation, indem er vorschlug, Mr. Medway solle vorläufig den Vorsitz übernehmen. »Wenn er uns verlassen muß, werden wir einen geeigneten Nachfolger finden, und Mr. Medway ist der richtige Mann, um uns Mut zu einem guten Anfang zu machen.« Damit war jeder zufrieden, da sich das ganze Komitee nach Medways Abreise ohnehin in nichts auflösen würde. Mit bescheidenem Lächeln nahm Medway auf dem Stuhl hinter dem Podiumstisch Platz und bat um Namensnennungen für die Mitglieder des Komitees.

Wieder ging das unvermeidliche Gerangel los; Trent wurde vorgeschlagen und nahm dankend an; Cyril Sylvester nannte James Holden, worauf sich unwilliges Gemurmel aus den hinteren Reihen erhob. Adrian versuchte es mit einem Kompromiß, indem er zwei Namen gleichzeitig vorschlug – Ted Jackson und James Holden. Auf diese Weise konnte er seine Zuhörerschaft dazu bewegen, beide Männer ins Komitee zu wählen. Danach bemühte er sich verzweifelt, weitere Männer zu finden, die bereit waren, ihre Zeit zu opfern. Vergeblich... Andererseits wollten die Männer Medways Gefühle nicht verletzen, und schließlich gehörten auch noch Bruce Belton und ein junger Farmer dem Komitee an, der nicht geistesgegenwärtig genug gewesen war, sich rasch eine Ausrede auszudenken. Medway strahlte die Versammlung an.

»Nun haben wir ein komplettes, kompetentes Komitee«, sagte er optimistisch. »Nun können wir ein Programm aufstellen, das ganz Neuseeland zeigen wird, daß zumindest eine kleine Gemeinde den Wert der Umwelt zu schätzen weiß.«

Sie versuchten, tiefgründig dreinzuschauen, wünschten, Adrian würde endlich Schluß machen, und wunderten sich ein wenig, warum sie überhaupt hier saßen. Die Halle war kalt, daheim im Kamin brannte ein gemütliches Feuer, aber Medway, der ausnahmsweise einmal keine Antenne für die Gefühle seiner Zuhörer hatte, verbreitete sich immer noch über die Wichtigkeit des Umweltschutzes. »Stellt euch doch vor, wie leicht diese schöne Landschaft zerstört werden könnte. Stellt euch vor, daß eine Bahnlinie durch den jungfräulichen Wald führt, daß ihr Lärm die göttliche Stille durchbricht...« Und er ließ seiner Phantasie freien Lauf, fragte sie, was sie wohl davon hielten, wenn eine häßliche Fabrik die Idylle ihres Dörfchens verunstaltete.

Sie wußten nicht genau, was eine Idylle war, aber sie wußten, daß sie eine Bahnlinie und eine Fabrik gut brauchen könnten. Wenn Eldado per Bahn erreichbar wäre, würden Touristen kommen und Geld bringen. Und in einer Fabrik könnten die jungen Leute arbeiten und müßten nicht in die Stadt gehen, um sich ihr Brot zu verdienen. Auch die Farmer selbst könnten in der Fabrik arbeiten und müßten nicht bei Eiseskälte und Regen auf die Weiden hinauslaufen, um sich um Kälber und Lämmer zu kümmern. Sie würden in einem warmen, trockenen Gebäude einer Arbeit nachgehen, die vielleicht monoton, aber nicht sonderlich ermüdend wäre, und um fünf Uhr wären sie daheim und müßten nicht bis Mitternacht bei einer kranken Kuh Wache halten. Und am Ende der Fünftagewoche hätten sie ein fettes Banknotenbündel in der Hand und keine Schulden.

Glücklicherweise merkte Adrian an diesem Punkt, daß er die Sympathien seiner Zuhörer verlor, und nach ein paar charmanten Worten über die Freuden, die er in ihrer Mitte genossen hatte, verließ er das Podium. Die Leute atmeten hörbar auf, als die Frauen aufstanden und die Platten mit den Sandwiches und dem Gebäck holten. Bald war eine lebhafte Unterhaltung im Gange, die sich zu Adrians Enttäuschung nicht um Umweltschutz, sondern um landwirtschaftliche Probleme drehte. Traurig sagte er sich, daß diese netten Menschen wohl zu wenig Sinn für das Schöne hätten.

Trotzdem war die Versammlung ein Erfolg. Die Frauen hatten köstliche Leckerbissen vorbereitet und einander zu übertrumpfen versucht, und Cynthia Holden hatte eine Obsttorte gebacken, die man zugunsten von Mavis Beltons Schaumrollen und Caroline Trents Honigwaffeln übersah. Adrian bemerkte das und schnitt sich, diplomatisch wie immer, ein großes Stück von der langweiligen Torte ab. Cynthia lächelte ihn dankbar an und war sichtlich froh, weil sie ihr Werk nicht unberührt wieder mit nach Hause nehmen mußte.

Um elf Uhr warf Adrian seiner Frau einen flehenden Blick zu, aber sie schüttelte unmerklich den Kopf. Er wußte, was sie meinte. Nachdem er alle diese Leute an einem naßkalten Abend aus ihren Häusern gelockt hatte, mußte er ihre Gesellschaft schon noch eine Weile ertragen. In diesem Augenblick ließ ein lauter Krach die Tür der Halle erzittern, und dann stand Sheikh auf der Schwelle, sah größer aus denn je und sehr selbstzufrieden. Nachdem er seine Herrin liebevoll begrüßt hatte, stürzte er sich auf die Reste des Buffets, und nun folgte eine Szene hektischer Verwirrung, während alles versuchte, die besten Leckerbissen zu retten.

»Was für ein ungezogenes Vieh!« rief einer der Männer wahrheitsgemäß, und ein anderer meinte, man müsse sich mit ihm abfinden, denn das sei der Medway-Hund. Jo hörte das kurze Gespräch und packte Sheikh lachend am Halsband.

»Tut mir leid, ich dachte, er säße brav im Wagen. Das Fenster war wirklich nicht weit offen, aber er muß es irgendwie heruntergeschoben haben. Ich bringe ihn sofort hinaus. Entschuldigen Sie bitte! Er gehört mir, nicht meinem Vater. Es ist ganz allein meine Schuld.«

Sie bahnte sich einen Weg zur Tür, zerrte den widerstrebenden Sheikh hinter sich her, der verzweifelt auf die Kuchenplatten starrte. Lachend kam Lester ihr zu Hilfe, und die beiden verschwanden in der Dunkelheit.

»Wie kann man nur so einen Riesenhund zu einer Gemeindeversammlung mitnehmen!« rief eine Frau, und ihre Freundin erklärte: »Das sind Städter, meine Liebe, und Städter nehmen ihre Hunde immer und überallhin mit. Sie sind nun einmal so unvernünftig.«

Aber Sheikh hatte ein gutes Werk vollbracht. Er hatte den Abend abrupt beendet, und das gerade in dem Augenblick, als jemand vorgeschlagen hatte, man solle einen Hut herumreichen und Geld für den Umweltschutz sammeln. Damit hatte sich Sheikh das Wohlwollen so mancher Farmer zugezogen.

Andererseits hatte es Sheikh auch verhindert, daß man einen Termin für die erste Zusammenkunft des Komitees festsetzte. Adrian war sich dessen bewußt, aber er brachte das Thema nicht zur Sprache. Man würde eben telefonisch einen Termin vereinbaren, und wenn seine Freunde etwas spenden wollten, sie wußten ja, wo er zu finden war. Jetzt wäre es sinnlos gewesen, noch etwas Konstruktives zu unternehmen, und etwas später sagte er ärgerlich zu seiner Tochter, daß ihn Sheikhs überraschender Auftritt mindestens zwanzig Dollar gekostet hätte.

»Tu doch nicht so!« erwiderte Jo. »Du warst doch auch froh, daß du endlich gehen konntest. Ich habe deine bittenden Blicke gesehen und wie Chris den Kopf schüttelte. Du hast vielleicht ein paar Dollar eingebüßt, aber dafür wurde dir eine Menge Langeweile erspart. Außerdem müßtest du doch in blendender Laune sein, denn der Abend war ein gigantischer Erfolg.«

Das besänftigte ihn, und er streichelte Sheikh sogar versöhnlich über den Kopf. »Ja, ich glaube, ich habe sie alle sehr nachdenklich gemacht.«

Das hatte er, denn an diesem späten Abend sagten in mehreren Häusern die Männer zu ihren Frauen: »Er ist ja ein netter Bursche. Aber auf was haben wir uns da eingelassen?« Und die Frauen antworteten. »Es ist nicht so schlimm. Er geht ja ohnehin bald weg.«

12

Die Farmer wurden aktiv, teils widerwillig, teils sprunghaft, und begannen Gruben auszuheben. Theoretisch hatten sie ihren Müll schon immer auf diese Weise beseitigt, aber die Gruben hatten die unangenehme Eigenschaft, ausgerechnet dann überzuquellen, wenn man gerade besonders viel zu tun hatte. Und in solchen Situationen fuhr man eben rasch in den Wald und entledigte sich dort problemlos seines Abfalls. Natürlich machte man das nicht regelmäßig, aber es gab wohl kaum einen Mann in der Gemeinde, der in dieser Hinsicht nicht schon mehrmals gesündigt hatte.

Und nun sahen sie sich zu zusätzlicher Arbeit gezwungen und schimpften insgeheim auf Adrian Medway, denn um zu verhindern, daß eine Grube überquoll, mußte die nächste schon fertig sein, wenn die eben benützte noch nicht ganz voll war. Manche Farmer hatten raffinierte Maschinen, die ihnen die Arbeit erleichterten, aber die meisten mußten mit ihren Spaten losziehen, während eine Menge anderer, viel wichtigerer Pflichten auf sie wartete. »Soviel Getue wegen eines kleinen Tals«, murrten sie, und dann erinnerten ihre Frauen sie an die Suppe, die ihnen Christine Medway während der Grippewelle tagtäglich gekocht hatte, und an Adrians selbstlose Hilfe. »Natürlich ist er ein feiner Kerl«, gaben sie schließlich seufzend zu.

Adrian merkte nichts von der Kritik an seiner Person. Wieder einmal fühlte er sich als Wohltäter des ganzen Distrikts und war sehr zufrieden mit sich. »Wir müssen das erste Treffen des Komitees bald abhalten, solange das Interesse an der Sache noch frisch ist«, sagte er zu Christine und fügte hinzu: »Da habe ich wirklich was ins Rollen gebracht, als ich an jenem Morgen in den Wald ging.«

»Sicher, Liebling«, erwiderte Christine. Sie hatte an diesem Vormittag den Telefonhörer abgenommen, um mit Caroline Trent zu sprechen, und da war eine unbekannte jammernde Stimme an ihr Ohr gedrungen. »Ausgerechnet jetzt wird soviel Wind um die Müllgruben gemacht, wo ich doch wollte, daß John…« Hastig hatte sie wieder aufgelegt. Sie konnte sich vorstellen, daß Adrian in Eldado und Umgebung nicht nur als Wohltäter betrachtet wurde.

Als er die erste Versammlung des Komitees einberief, erkannte auch Adrian, daß es Schwierigkeiten geben würde. Niemand hatte Zeit. »Natürlich, im Frühling haben die Farmer immer viel zu tun«, sagte er gekränkt zu seiner Familie.

»Aber gibt es irgendeine Jahreszeit, in der sie weniger zu tun haben?«

Jo, die Robert am Vortag geholfen hatte, ein paar verirrte Schafe einzufangen, erwiderte: »Natürlich haben sie jetzt viel zu tun, weil die Schur beginnt, und die Rinderfarmer müssen sich mit dem Milchfieber herumschlagen. Hier ist es nicht so wie in der Stadt, Adrian.«

»Als ob ich das nicht wüßte! Du hältst mich wohl für völlig phantasielos.«

Jo lachte. »Mein Lieber, ich könnte dir viel vorwerfen, aber Mangel an Phantasie bestimmt nicht. Aber das alles muß dir ja seltsam vorkommen. In deinem Alter... Ich meine, für uns junge Leute ist es leichter, sich einem neuen Lebensstil anzupassen.«

Christine runzelte die Stirn bei dieser Bemerkung und wußte nicht recht, ob sie erleichtert oder alarmiert sein sollte. Sie wäre so froh, wenn ihre unberechenbare Tochter endlich ihren Platz im Leben gefunden hätte, und sie zweifelte nicht daran, daß Lester Severne das Mädchen glücklich machen könnte. Von all den jungen Männern, die Jo in den letzten Jahren nach Hause gebracht hatte, war er der einzige, der ihr über jeden Zweifel erhaben schien. Aber würde Jo ein Leben im Käfig von Rangimarie ertragen, auch wenn es nur drei Jahre dauern sollte? Doch warum sich darüber den Kopf zerbrechen? Wenn Jo es nicht konnte, dann liebte sie Lester nicht, und dann war das Problem von selbst gelöst.

Die Ausreden der Komiteemitglieder waren höchst verschiedenartig. Bruce mußte seine Bücher durchsehen und konnte sich nicht einmal für einen einzigen Abend freimachen. Jim Hill, der junge Farmer, wartete stündlich darauf, daß bei seiner Frau die Wehen einsetzten und er sie in die Klinik bringen mußte. Sogar Trent entschuldigte sich. »Um die Wahrheit zu sagen, Adrian, es wäre mir lieber, wenn du die Versammlung um eine Woche verschieben könntest.

Meine Zuchtkuh wird bald kalben, und ich bin Tag und Nacht im Stall. Craig will ich nicht damit belasten, denn als wir die Farm aufteilten, haben wir besprochen, daß jeder seine Drecksarbeit allein machen muß. Wenn es natürlich unumgänglich ist, würde ich kommen. Aber es wäre mir lieber...«

Um es kurz zu machen: James Holden war der einzige, der Zeit hatte. »Kälber und Lämmer? Aber dafür habe ich doch meine Leute.« Die Schwierigkeit bestand nun darin, ihm klarzumachen, daß ein Treffen, an dem nur Adrian und er teilnähmen, sinnlos wäre. »Ohne uns schmeicheln zu wollen«, meinte er, »aber wir sind doch die Wichtigsten...« Schließlich war er jedoch damit einverstanden, die Versammlung zu verschieben, nachdem Adrian seine ganze Überredungskunst aufgewandt hatte.

Zu Hause hatte Adrian trotzdem viel zu tun. Immerhin hatten einige Farmer Spenden geschickt, und er mußte Dankesbriefe schreiben. »Wenigstens können sie deine Unterschrift ausschneiden und sie in deine Bücher kleben – falls sie welche haben«, meinte Jo spöttisch. Aber Christine ermutigte ihren Mann, der sich die Mühe machte, an jeden Mann ein paar persönliche Worte zu schreiben. »Sie sind sicher geschmeichelt, wenn sie sich persönlich angesprochen fühlen. Eine nüchterne Empfangsbestätigung wäre unhöflich.«

Jo zeigte immer noch ein lebhaftes Interesse an der Farmarbeit. Eines Morgens kam Lester vorbei, um sie zu fragen, ob sie mit ihm nach Eldado zum Viehmarkt fahren wolle. Er fand sie auf der Weide bei den Lämmern, mit geröteten Wangen, zerzaustem Haar und nicht besonders sauber. Aber sie erschien ihm reizender und begehrenswerter denn je. Als sie hastig gebadet und sich angezogen hatte und neben ihm im Wagen saß, sagte er: »Als ich dich das erstemal sah, dachte ich, du würdest Theater spielen.«

»Was für eine Rolle hätte ich denn spielen sollen?«

»Das vollendete Landmädchen, mit Pferd und Hund... Übrigens, könntest du dieses Riesenbiest dazu überreden, seine Zunge im Maul zu behalten? Ich habe mir meine Ohren heute morgen schon gewaschen.«

Lester hatte sich schon öfter dazu herabgelassen, Sheikh in seinem gepflegten kleinen Auto mitzunehmen. Christine fand, daß er seine Liebe zu Jo gar nicht deutlicher beweisen konnte. Aber Jo fand das ganz selbstverständlich, wie so viele Dinge im Leben, und fragte nur: »Warum sollte er Sheikh denn nicht mitnehmen?«

Nun sagte sie zweifelnd: »Landmädchen mit Pferd und Hund... Weißt du, Lester, da hattest du gar nicht so unrecht. Damals war mir das zwar nicht bewußt, aber wenn ich jetzt zurückdenke... Ich glaube, ich hatte damals das Gefühl, daß ich in dieser Rolle eine ganz gute Figur machte. Wie klug du bist!«

»Ach was – das Mädchen damals, das warst gar nicht du.«

»Es war ein Teil von mir. Und wie ist deiner Meinung nach der andere Teil?«

»Nun, der Teil, den ich – hm – liebe, ist ein Mädchen, das Heuchelei und Konventionen haßt, das sich als Freiheitsapostel betrachtet, das jeden Job macht, ob es nun darum geht, ein schmutziges Baby zu baden oder einem alten Mutterschaf beim Lammen zu helfen. Und doch umgibt sich dieses Mädchen manchmal mit einer Aura von Arroganz, die manche Leute hinters Licht führt – aber nicht seinen Freund Lester.«

»Mein Freund? – Ich dachte, du wärst etwas mehr... Übrigens, ich scheine kein sehr liebenswerter Typ zu sein: voller Posen, arrogant... Und es macht mir auch noch Spaß, anders zu sein als die anderen! Das muß für einen Mann doch sehr ermüdend sein.«

»Das würde ich nicht sagen. Du hast natürlich deine

Schattenseiten. Aber die werden verblassen, wenn du erwachsen wirst.«

»Wenn ich erwachsen bin? Aber ich bin dreiundzwanzig. Die meisten meiner Freundinnen sind verheiratet und haben bereits die ersten Babies oder Scheidungen hinter sich – manche sogar beides.«

»Ah, das ist jetzt wieder die blasierte Pose. Hör auf damit, Jo, und sieh den Tatsachen ins Auge. Ich liebe dich, und du hast zugegeben, daß du dir auch was aus mir machst – zumindest mehr als aus den anderen Burschen, denen du bisher begegnet bist. Ich nehme an, es waren viele?«

»Einige. Und du? Du hattest doch sicher auch deine kleinen Vergnügungen... Aber wir hatten ausgemacht, uns nicht wie Achtzehnjährige zu benehmen, die einander ihre Lebensgeschichten erzählen.«

»Richtig. Das können wir ja noch nachholen, wenn wir fünf Jahre lang verheiratet sind.«

»Verheiratet? Lester, du machst mir Angst, wenn du von fünf Jahren Ehe redest. Stell dir doch vor, wie ich aussehen werde, wenn ich fünf Jahre in Rangimarie gelebt habe, in Onkel James' Nachbarschaft. Von Großmutter ganz zu schweigen...«

»Und was wird aus den beiden geworden sein, wenn sie dich fünf Jahre lang ertragen haben? Aber so schlimm wird's nicht werden. Ich habe dich nur darum gebeten, zwei oder drei Jahre mit mir in Rangimarie auszuharren. Gestern habe ich mit meinem Buchhalter Bilanz gemacht. In zwei Jahren werden wir die Farm verkaufen können, zu einem Preis, der meinen Eltern einen angenehmen Lebensabend ermöglichen wird, zusammen mit dem Einkommen, das sie bereits haben. Zwei Jahre sind doch nicht zuviel verlangt, Jo, oder?«

»Doch, wenn man schon dreiundzwanzig ist. Die Frage ist: Wieviel wird nach diesen zwei Jahren von mir noch übriggeblieben sein? Ich fürchte, nicht mehr viel von der Jo, die du angeblich liebst...«

»Nicht nur angeblich. So, da sind wir. Da vorn ist der Viehmarkt. Willst du im Wagen sitzen bleiben oder auf den Zaun klettern – wie eine emanzipierte junge Frau von heute?«

»Ich steige auf den Zaun. Natürlich werde ich meinen Mann immer auf den Markt begleiten und mir die Rinder ansehen – das heißt, wenn mein Mann Farmer sein wird...«

»Er wird Farmer sein, verlaß dich drauf. Und nach den ersten beiden Jahren wirst du auch nicht mehr die Zäune von Eldado verzieren.« Sie stiegen aus dem Wagen und ließen Sheikh zurück, den sie sicherheitshalber festgebunden hatten, rannten lachend davon, von seinem Protestgeheul verfolgt.

Inzwischen tippte Christine langsam und akkurat fünf Mitteilungen für die Komiteemitglieder, die den Termin der verschobenen Sitzung erfahren mußten. Sie konnte nur mit zwei Fingern tippen: Adrian konnte es besser und schneller. Aber er war nach einem Kampf mit vier Durchschlägen so in Wut geraten, daß sie darauf bestanden hatte, ihm die Arbeit abzunehmen. Nun saß sie an der Schreibmaschine und fragte sich ungeduldig, ob sich die Mühe überhaupt lohnte. War es richtig gewesen, Adrian zu dieser Aktion zu ermutigen, die wahrscheinlich zu nichts führen würde? Sobald die Müllgruben der Farmer voll waren, würden sie ein neues Versteck für ihren Abfall finden, und alles wäre wieder beim alten.

Dann lächelte sie, als sie sich an ihren letzten Besuch im Dorf erinnerte. Bruce hatte ihr stolz die große Grube gezeigt, die er hinter dem Laden ausgehoben hatte. »Ich habe das Grundstück für ein Butterbrot bekommen, weil es niemand haben wollte. Hier kann ich nun für lange Zeit meinen Abfall deponieren, und wer weiß, vielleicht haben wir bald eine Müllabfuhr in Eldado.«

Adrian bedankte sich, als sie ihm die fünf sorgfältig getippten Seiten brachte. »Hoffentlich sind die Burschen pünktlich«, sagte er. »Wir haben viel zu besprechen.«

»Was denn?«

»Nun, erst einmal muß die Schweinerei im Wald verschwinden. Da werden wir wohl mit Bulldozern anrücken müssen. Das wird Zeit und Geld kosten. Aber wir können's uns leisten, wenn alle ihr Scherflein dazu beitragen. Jedenfalls finde ich keine Ruhe, solange dieser Misthaufen das schöne Tal verschandelt. Ich habe sogar Alpträume. Es ist, als würde die Stimme der Natur nach mir rufen.«

»Denk nicht dauernd dran, dann wirst du auch keine Alpträume haben. Bald werden ohnehin Büsche über dem Müll wachsen, alles zudecken und die Stimme der Natur zum Schweigen bringen.«

»Und bis dahin würde ich der Natur sagen, sie soll den Mund halten, wenn ich du wäre«, sagte Robert, dem dieses Thema allmählich auf die Nerven ging.

Adrian runzelte die Stirn. »Unglücklicherweise denkt das Komitee ebenso. Ich muß sagen, daß mich diese Politik des Laisser-faire schockiert und überrascht. ›Lassen Sie doch den Dingen ihren Lauf‹, hat dieser junge Farmer gesagt. ›Das Unkraut wird sich schon um den Müll da draußen kümmern.‹ Anscheinend glauben sie alle, mit den fünf Dollar, die sie mir geschickt haben, hätten sie ihre Pflicht und Schuldigkeit getan.«

Robert grinste seine Mutter an, dann ging er zu seinen Schafen hinaus. Er war wie sie der Meinung, daß man Adrian nicht mehr lange als Wohltäter betrachten würde.

Zu seinem Leidwesen mußte Adrian feststellen, daß sein Plan beim Komitee auf Widerstand stieß. »Ein Bulldozer? Das ist zu teuer. Lassen Sie den Müll in Ruhe, mit der Zeit wird er von selbst verschwinden.«

»Aber ein paar Farnkräuter und wilde Weinreben können dieses Grauen doch nicht zudecken, das ich da draußen gesehen habe. Wir müssen den Müll eingraben, dann kann die Natur ihr Werk tun und wiedergutmachen, was der Mensch angerichtet hat.«

Das Komitee begriff gar nicht, daß dies ein Kompromißvorschlag war, denn ursprünglich hatte Adrian sogar geplant, den Müll zu vergraben, den Boden zu planieren und mit hübschen Büschen zu bepflanzen, die er aus einem unberührten Teil des Waldes holen wollte. Und dann sollte sich der ganze Distrikt zu einem großen Picknick in dem Tal versammeln, wenn es in neuem Glanz erstrahlte, und alle Differenzen sollten vergessen sein, alle Freunde vereint in dem Bestreben, der Natur zurückzugeben, was man ihr widerrechtlich genommen hatte. Er hatte diese Idee nur Christine gegenüber erwähnt, und sie hatte ein wenig skeptisch gelächelt. Nun war er froh, daß er diesen Männern, die so kleinlich um jeden Dollar feilschten, nichts davon gesagt hatte.

Glücklicherweise unterstützten ihn wenigstens James Holden und Malcolm Trent. »Sicher, mit der Zeit wird der Müll unter Farn und Büschen verschwinden«, sagte Trent. »Aber das wird Jahre dauern. Ich finde, Medway hat recht. Wir sollten den Abfall eingraben, wenn es unser Budget erlaubt.«

Holden nickte. »Ich bin auch für den Bulldozer, und wenn er die finanzielle Leistungskraft des Komitees übersteigt, werden wir gern in die Bresche springen.« Damit war die Sache erledigt, und Adrian lächelte dankbar.

Nach langem Hin und Her entschied man sich, einem Rinderfarmer, der gleichzeitig Bauunternehmer war und einige Bulldozer besaß, den Auftrag zu erteilen. Sie hofften, der Mann würde ihnen mit dem Preis entgegenkommen, da er der Gemeinde angehörte und auch ein Interesse daran haben mußte, daß der Müll beseitigt wurde.

»Und wenn weitere Spenden eingetroffen sind, werden wir unsere nächsten Schritte besprechen«, sagte Adrian unklugerweise. Hill, Jackson und Belton begannen wieder zu murren, denn das Geld würde aus ihren Taschen fließen müssen. Adrian erwähnte ungeduldig, daß er schon eine ganz schöne Summe beisammen habe, und James Holden brach fast einen Streit vom Zaun, als er verächtlich von ›Pfennigfuchsern‹ redete. Trent griff schlichtend ein, indem er hastig fragte: »Das wär's für heute, nicht wahr?«

»Nun, hast du wichtige Geschäfte erledigt?« fragte Jo boshaft, als ihr Vater müde und leicht irritiert nach Hause kam.

»Geschäfte? Es hat zwei Stunden gedauert, bis wir uns über den Bulldozer geeinigt haben. Dabei hätte man das in fünf Minuten besprechen können.«

»Mach dir nichts draus, Liebling«, sagte Christine, »es ist immerhin ein Anfang.« Und Robert meinte, auf dem Land wären die Leute eben ein bißchen langsamer und Adrian habe zumindest den Stein ins Rollen gebracht.

»Ich verstehe nicht, warum sie so wenig Begeisterung zeigen«, sagte Adrian traurig. »Sie müssen doch inzwischen begriffen haben, wie wichtig der Umweltschutz ist. Bei der ersten Versammlung taten sie so, als könnte es ihnen gar nicht schnell genug gehen.«

Christine strich ihm beruhigend über den Kopf und drückte ihm eine Tasse Kaffee in die Hand. Aber Robert meinte, Adrian könne in seinen Büchern zwar eine Menge über Städter schreiben, über die Landbevölkerung müsse er jedoch noch sehr viel lernen.

Sie gingen an diesem Abend nicht sehr fröhlich auseinander, als sie sich in ihre Zimmer zurückzogen – alle außer Jo, die noch vor dem Kamin sitzen blieb.

Sie war unglücklich und so unsicher wie noch nie zuvor

in ihrem ereignisreichen Leben. Sie mußte eine Entscheidung treffen – eine sehr folgenschwere Entscheidung. Liebte sie Lester so sehr, daß sie es ein paar Jahre lang in Rangimarie aushalten würde? Ihr Herz sagte ja, ihr Verstand jedoch war unschlüssig. Aber sie brauchte sich ja noch nicht zu entscheiden. Sie hatte noch einen oder zwei Monate Zeit, bis ihre Eltern in die Stadt zurückkehren würden. Bis dahin würde irgend etwas geschehen, das ihr die Entscheidung leichter machte.

Es dauerte fast einen Monat, bis der Bulldozer in den Wald fuhr. Der Bauunternehmer war ein vielbeschäftigter Mann und hatte vorher mehrere andere Aufträge zu erfüllen. Doch schließlich war der große Tag gekommen, und die Mitglieder des Komitees wurden verständigt, damit sie sich das Werk des Bulldozers ansehen konnten, bevor sie die Rechnung beglichen. Natürlich war Bruce mit einer wichtigen Warenlieferung beschäftigt, und Hill entschuldigte sich mit der Erklärung, er habe die ganze Nacht bei einer kranken Kuh gesessen. Ted mußte sich um seine Post kümmern, und so gingen nur Adrian, Trent und Holden in den Wald, um zu sehen, ob der Bulldozer gute Arbeit geleistet hatte.

Alles war in Ordnung, der Müll lag unter dem aufgewühlten Erdreich begraben. Aber insgeheim war Adrian doch sehr traurig, als er sah, wie viele Zweige die große Maschine abgebrochen, wie viele Büsche sie entwurzelt hatte. Das Tal war nun eine Masse aus häßlicher gelber Erde, auf der kein einziges Pflänzchen wuchs. »Das macht nichts«, sagte Trent. »Wenn du in zehn Jahren wiederkommst, wirst du dieses Tal nicht mehr vom übrigen Wald unterscheiden können, Adrian.«

Adrian wandte sich ab. In zehn Jahren wiederkommen? In diesem Augenblick hatte er das Gefühl, daß er überhaupt nie mehr wiederkommen wollte. Vergessen waren die glücklichen Tage auf »Gipfelkreuz«, vergessen die Freunde, die er gewonnen hatte, die klare Sommerluft, das frische Grün ringsumher. Er sah nur noch diese gelbe Masse, die entwurzelten Büsche und dachte, das Leben in der Stadt ist doch gar nicht so übel. Dort versuchen wenigstens ein paar Leute, die Schönheit der Natur zu erhalten.

Nachdem sie das Tal inspiziert hatten, beschlossen die drei Komiteemitglieder, dem Bauunternehmer sein Geld zu geben. »Wir brauchen nicht in die Gemeindehalle zu gehen, um die Einzelheiten zu besprechen«, meinte Malcolm Trent. »Setzen wir uns in meinen Wagen.« Und James Holden war tatsächlich damit einverstanden. Wenigstens hatte er es auf Umwegen geschafft, die beiden zusammenzubringen, dachte Adrian. James hatte nichts mehr gegen Beths Ehe einzuwenden, zwischen den beiden Familien herrschten Friede und Eintracht. Und das, so dachte Adrian wehmütig, war wahrscheinlich der beste Beitrag, den er zum Gemeinschaftsleben in Eldado geleistet hatte. –

Er war froh, daß der Bulldozer endlich sein Werk getan hatte, daß das Tal in Ordnung war, denn ein paar Tage später traf die Nachricht ein, die Christine erwartet hatte. Der englische Dozent wollte einen Monat früher als ursprünglich geplant in seine Heimat zurückkehren. Christine las den Brief mit geheimer Freude. Sie war auf »Gipfelkreuz« nie richtig heimisch geworden und sehnte sich nach ihrer gewohnten Umgebung. Sie hatte keine Bedenken, Robert allein zu lassen. Er ging ganz in seiner Arbeit auf, und er brauchte nur seinem Freund Sam auf der Schaffarm im Süden zu schreiben, wenn er einen Assistenten benötigte. Hoffentlich lernte er bald ein nettes Mädchen kennen. Schade, daß Craig keine Schwester hatte... Aber vielleicht hatte Robert noch gar kein Bedürfnis nach weiblicher Gesellschaft. Seine Arbeit war ihm am allerwichtigsten, und freundschaftliche Kontakte hatte er mehr als genug. Da waren die Trents, die jungen Ehepaare in Eldado, die Leute aus Rangimarie – und vor allem die alte Mrs. Holden, dachte Christine lächelnd. Eigentlich fuhr er immer nur ihretwegen nach Rangimarie und nicht, um Cynthia und James Holden zu besuchen. Und sobald er das Haus betrat, pflegte die alte Dame auch schon schamlos Besitz von ihm zu ergreifen.

Am Sonntag vor ihrer Abreise machten sie einen Abschiedsbesuch bei den Holdens, und Lester tauchte ebenfalls auf, um Jo zu sehen. Wie stand es zwischen den beiden? Christine hätte es gern gewußt, aber sie wäre überrascht und entsetzt gewesen, wenn sie herausgefunden hätte, daß es die beiden selbst nicht wußten. Sie liebten sich, aber Jo mußte ein Opfer bringen, und sie war es nicht gewohnt, ihre eigenen Interessen hintanzustellen. Wenn Lester sie wirklich liebte, dann würde er schon jetzt die Farm verkaufen und den Grundbesitz erwerben, von dem er träumte. Er hatte genug Geld dazu. Er hatte ihr erzählt, daß er und sein Bruder beträchtliche Summen geerbt hatten, als sie fünfundzwanzig geworden waren. Der Bruder hatte sich eine Anwaltspraxis gekauft. Lester hatte sich das Geld für die Farm aufgehoben, die nun immer noch in weiter Ferne lag. Jo hatte ihn noch einmal gebeten, die Farm seines Vaters schon jetzt zu verkaufen. Aber er hatte sich geweigert und daran erinnert, daß er sein Wort gegeben hatte. Wenn Jo ihn liebte, würde sie es zwei Jahre lang in Rangimarie aushalten. Schließlich verlange er ja nicht von ihr, auf dem Nordpol zu leben. Sie befanden sich in einer Sackgasse, und anscheinend war keiner der beiden bereit nachzugeben.

Der Nachmittag nahm einen schlechten Anfang, weil Mrs. Holden über Roberts Abwesenheit verärgert war. »Er hat sehr viel zu tun, weil er morgen seine ersten Lämmer auf den Markt bringen will«, sagte Christine. »Er läßt sich entschuldigen, Mrs. Holden, und ich soll Ihnen ausrichten, daß er es glücklicherweise nicht nötig hat, an der Abschiedsparty teilzunehmen, weil er ja hierbleiben wird.«

»Natürlich hat er das nicht nötig, aber ich hatte gehofft, er würde trotzdem kommen«, entgegnete die alte Dame störrisch.

Christine wechselte hastig das Thema und fragte, ob Mrs. Holden schon gehört habe, daß die häßliche Müllhalde im Wald verschwunden sei. Sie bezog auch Adrian in das Gespräch ein, weil sie wußte, daß die alte Dame sich lieber mit Männern als mit Frauen unterhielt – mit Männern aller Jahrgänge. Adrian sprang charmant in die Bresche und schilderte auf amüsante Weise, wie schwierig es immer sei, Versammlungen einzuberufen. »Sie haben immer Ausreden – und manchmal sogar gute.«

»Wenn Ihrem Komitee solche Leute angehören wie dieser Ladenbesitzer, dann müssen Sie ja mit Komplikationen rechnen«, meinte Mrs. Holden verächtlich.

Doch das wollte Jo nicht auf ihrem Freund sitzen lassen. »Bruce ist ein netter Kerl. Und er kann nichts dafür, daß er soviel zu tun hat. Er hält den Laden gut in Schuß, und das beweist doch nur, daß ihm die Interessen des Distrikts am Herzen liegen.«

»Er ist wohl eher daran interessiert, möglichst viele Kunden zu gewinnen«, erwiderte Mrs. Holden, und James stellte sich auf die Seite seiner Mutter und sagte, es läge wohl kaum im Interesse des Distrikts, daß Bruce Belton seine Taschen fülle.

»In meiner Jugend«, trompetete die alte Dame erregt, »wäre es meinem Vater nicht im Traum eingefallen, zusammen mit einem Ladenbesitzer ein Komitee zu bilden. Er gehörte überhaupt keinem Komitee an. Er bestimmte, was zu geschehen hatte, und die Farmer richteten sich nach ihm. Das war eine viel bessere Methode.«

»Das war eine Diktatur«, entgegnete Jo, die nun auch wütend geworden war, »und zum Glück ist dieses Zeitalter längst vorbei.«

»Ja, es ist vorbei«, sagte die alte Dame würdevoll. »Seither sind mehr als siebzig Jahre vergangen, aber ich finde nicht, daß wir in dieser Zeit große Fortschritte gemacht haben.«

»Zumindest sind wir demokratischer geworden. Heutzutage ist es verdammt egal, aus welcher Familie ein Mann stammt. Es kommt nur darauf an, was er ist und was er tut.«

»Eine feine Theorie! Ich habe auch eine. Junge Leute sollten sich in Gegenwart älterer Menschen etwas gepflegter ausdrücken.«

Lester versuchte zu vermitteln. »Großmutter, wir sagen heute alle ab und zu mal ›verdammt‹, aber das ist noch lange kein Fluch. So wie ›verflixt und zugenäht‹ oder so... Du kennst doch diese Sprüche.«

»Ich kenne sie nicht, aber ich stamme ja auch aus der Steinzeit, wie Miß Medway angedeutet hat.«

Das war zuviel für Jo. Sie sprang auf, stammelte, daß es hier zu stickig sei, und stürmte aus dem Zimmer. Ein drükkendes Schweigen senkte sich über die kleine Gesellschaft, und Christine dachte wehmütig, daß es niemals zu dieser unerfreulichen Szene gekommen wäre, wenn Robert seine Lämmer für ein paar Stunden im Stich gelassen hätte. Dann räusperte sich James und machte eine Bemerkung über das Wetter, das die Schur beeinträchtige. Und nachdem sich alle große Mühe gegeben hatten, war bald wieder ein normales Gespräch im Gange. Langsam wich die Zornesröte aus dem Gesicht der alten Dame, und Lester fand, daß er es nun wagen könne, seiner entnervenden Liebsten ins Freie zu folgen.

Er fand sie am Ende des Gartens, wo sie ärgerlich auf und ab lief. Als sie seine Schritte hörte, wirbelte sie zu ihm herum. »Was für unmögliche Leute! Wie kannst du sie nur ertragen!«

»Ganz einfach, weil sie meine Verwandten sind, wie ich dir schon mehrmals erklärt habe, und weil ich ihnen eine gewisse Loyalität schuldig bin. Wie würdest denn du reagieren, wenn jemand so abfällig über deine Eltern sprechen würde?«

»Das würde mir nichts ausmachen, aber für mich ist die Familie ja auch nicht so unantastbar und heilig wie für dich. Meine Eltern sind menschliche Wesen, und jeder hat das Recht, sie zu kritisieren.«

»Aber niemand tut es, und darauf kommt es an. Meine Verwandten, besonders Großmutter, sind sehr altmodisch, aber sie haben auch die schönen altmodischen Tugenden, und eine ihrer nachahmenswerten Regeln lautet: Man soll nicht unhöflich zu älteren Menschen sein.«

»Vielen Dank für die Belehrung! Mrs. Holden war aber zuerst unhöflich, und wenn sie auch schon über achtzig ist – das bedeutet noch lange nicht, daß sie sich alles erlauben kann. O Lester, streiten wir uns doch nicht! Siehst du denn nicht ein, wie unmöglich es ist?«

»Was ist unmöglich?«

»Daß Jo Medway in Rangimarie leben und sich täglich anhören soll, daß dieser und jener Mann ›kein wahrer Gentleman‹ und daß Mrs. Sowieso ›recht nett, aber keine Lady‹ sei. Soll ich mir wirklich gefallen lassen, daß sie auf meine Freunde in Eldado herabsehen? Soll ich mir sagen lassen, ich dürfte nicht mit ihnen verkehren, weil sie nicht auf meiner Stufe stünden?«

Er versuchte einen Arm um ihre Schultern zu legen, aber sie stieß ihn weg und sagte: »Nein, es hat keinen Sinn. Ich liebe dich, und du liebst mich, aber solange du in diesem schrecklichen Rangimarie lebst, kann ich dich nicht heiraten.«

»Ich habe dir doch gesagt, daß ich nur noch zwei Jahre hierbleibe. Das haben wir schon oft genug besprochen. Es wäre so einfach, und du bauschst die ganze Sache zu einem Riesenproblem auf. Du brauchtest meine Verwandten ja nicht oft zu sehen. Ein Besuch in der Woche würde meiner Großmutter genügen. Wir könnten unser eigenes Leben führen und nur freundschaftliche Beziehungen zu ihnen unterhalten.«

»Freundschaftliche Beziehungen! Was bei diesen Beziehungen herauskommt, habe ich ja heute erlebt. O ja, ich weiß, die alte Hexe war schlecht gelaunt, weil Robert nicht gekommen ist, und sie hat ihre Wut an mir ausgelassen. Aber solche Situationen werden immer wieder entstehen, und ich habe keine Lust, ständig den Fußabstreifer zu spielen. Nein, Lester, mein Entschluß steht fest. Ich reise am Wochenende mit meinen Eltern ab, und wir wollen uns jetzt Lebwohl sagen. Komm bitte nicht mehr zu mir, es hätte keinen Sinn. Du kannst mich nicht umstimmen. Der heutige Nachmittag hat mir klar vor Augen geführt, daß es keine Hoffnung für uns gibt. Wenn wir hier zusammen lebten, würden wir uns schon nach ein paar Monaten hassen. Da ist es noch besser, wir gehen als Freunde auseinander.«

Und sie änderte ihre Meinung nicht, trotz aller Argumente, die Lester vorbrachte, trotz seiner Bitten. Schließlich zuckte er mit den Schultern. »Ich weiß nicht mehr, was ich noch sagen soll. Du liebst mich eben nicht.«

»Wenn du das glauben willst und wenn es dadurch leichter für dich wird, dann glaub es eben. Denk ruhig, daß ich ein herzloses Biest bin, das dich an der Nase herumgeführt hat und nun in die Stadt zurückkehrt, als wäre nichts geschehen.«

Am nächsten Morgen erklärte Jo mit ruhiger Stimme: »Ich habe mir überlegt, wie ich mein lebendes Inventar nach Hause schaffen kann.«

Sie saßen am Frühstückstisch. Christine blinzelte verwirrt, und Adrian fragte mit gerunzelter Stirn: »Meinst du Sheikh und Rajah?«

»Wen sonst? Warum tust du so erstaunt? Ich muß meine beiden Lieblinge doch mitnehmen.«

Keiner sagte etwas, aber alle hatten gedacht, sie würde Rajah hierlassen, bis sie Lesters Frau würde. Sheikh würde sie natürlich mit nach Hause nehmen, wenn es auch problematisch war, sich in der Stadt eine so große Dogge zu halten. Aber auf der Farm konnte man Sheikh nicht zurücklassen. Robert hätte keine Zeit, sich um ihn zu kümmern und zu verhindern, daß der Hund irgendwelchen Unsinn anstellte. Eine kleine Pause entstand, während sie alle erst einmal die Neuigkeit verdauten, daß sie Lester doch nicht heiraten würde. Vielleicht, dachten Robert und sein Vater, hatte Jo das auch nie vorgehabt. Vielleicht war es nur einer von Jos zahllosen Flirts gewesen. Aber Christine war sehr traurig. Das war also der Grund für Jos unnatürliche Blässe heute morgen. Beim letzten Besuch in Rangimarie war die Entscheidung gefallen. Jo hatte erkannt, daß sie in dieser Atmosphäre nicht leben konnte.

Und nun fängt alles wieder von vorn an, dachte Christine. Diese rastlose Suche nach dem richtigen Mann, nach dem richtigen Job. Aber einen Lester wird sie nie mehr finden. Mit ruhiger Stimme fragte sie: »Und wie sollen wir Rajah transportieren?«

»Ich reite ihn nach Avesville, dort gibt's ein Pferdetransportdepot. Von da aus kann ich ihn dann in die Stadt bringen lassen. Ich werde ziemlich früh aufbrechen und treffe euch dann am nächsten Morgen. Ich habe schon im Hotel angerufen und ein Zimmer bestellt.«

Sie hatte also schon alles geregelt. Sie waren einverstanden mit Jos Plan. Gut, sie würden sich mit ihr in Avesville treffen, und Sheikh würden sie im Wagen mitnehmen. Sie würden ihn nach Jos Aufbruch festbinden, damit er ihr nicht nachrannte. Und dann wechselte Christine entschlossen das Thema. »Aber vorher müssen wir noch die große Abschiedsparty überstehen. O Gott, was haben sie sich da nur ausgedacht?«

Trotz aller Proteste der Familie Medway hatte der ganze Distrikt einstimmig beschlossen, eine große Abschiedsfeier für den Schriftsteller zu geben. Er war ihnen allen ans Herz gewachsen im Lauf der Monate, war einer der Ihren geworden. Sicher, er war ihnen manchmal ganz schön auf die Nerven gegangen, zum Beispiel, als er dieses Getue um die paar Abfälle gemacht hatte, die friedlich im Wald vermodert waren und niemanden gestört hatten. Aber sie erinnerten sich auch an die vielen Fälle, wo er seine Güte und Großzügigkeit bewiesen hatte. Nein, so leicht, wie er glaubte, kam er ihnen nicht davon. Nicht ohne große Abschiedsparty.

Schließlich hatte sich Adrian lächelnd dazu bereit erklärt. »Ich kann die Gefühle dieser netten Leute nicht verletzen.«

»Und deine eigenen auch nicht«, sagte seine Tochter, die nur zu gut wußte, wie sehr Adrian die Wertschätzung genoß, die man ihm entgegenbrachte.

»Ich konnte schon deshalb nicht ablehnen, weil sie bei der Party eine große Sammlung zugunsten der Umweltschutzbestrebungen durchführen wollen. Das hat den Ausschlag gegeben. Sie brauchen doch das Geld, wenn sie mein Werk weiterführen sollen.«

Wie sich die Arbeit des Komitees in Zukunft gestalten würde, wußte allerdings niemand so recht. Nachdem die Müllhalde im Wald beseitigt worden war, waren die Leute der Meinung, sie hätten erst einmal genug getan. Adrians Vorschläge, Bäume im Dorf zu pflanzen und zu verhindern, daß die Farmer allzu häßliche Scheunen bauten, waren nicht gerade auf Begeisterung gestoßen. Es war deutlich zu merken, daß die Leute herzlich wenig an einer »schönen Umwelt« interessiert waren, und Adrian hatte den Verdacht, daß man die diversen Spenden für den Bau einer längst fälligen neuen Schule verwenden würde. Und nach und nach würde sich das Umweltschutzkomitee auflösen.

Aber erst einmal wollte man eine große Abschiedsfeier für die Medways veranstalten. Alle kamen, und zum erstenmal ließen sich auch die Leute aus Rangimarie dazu herab, ein dörfliches Fest zu besuchen. James Holden wollte sogar eine Rede halten. Aber am erstaunlichsten war es, daß die Maori eine Abordnung schickten. Ihre Frauen waren allerdings zu Hause geblieben. »Sie sind zu schüchtern«, erklärte das Oberhaupt der Maori dem Schriftsteller. »Und wir können auch nicht lange bleiben. Wir wollten uns nur von Ihnen verabschieden und Ihnen sagen, daß wir uns auf ein Wiedersehen freuen.«

Nach dieser kurzen Ansprache schüttelte er Adrian die Hand, sammelte seine Abordnung ein und verschwand wieder im Wald.

Danach hielt James Holden seine Rede, die kürzer und besser war, als es die Mehrheit der Festgäste befürchtet hatte. Er sprach von Adrians wertvoller Hilfe während der Grippeepidemie, sprach von seiner verdienstvollen Arbeit in Sachen Umweltschutz und deutete an, er selbst hätte sich schon lange gewünscht, daß in dieser leidigen Angelegenheit etwas unternommen würde. Zum Schluß würdigte er Medways »Ruhm« als Schriftsteller und fügte scherzend hinzu, er wüßte, wo die Bücher lägen, die noch auf Adrians Signatur warteten. Eine Bemerkung, die der Wahrheit entsprach, wie Adrian später feststellen konnte. Schließlich nahm Holden wieder Platz, und alles atmete erleichtert auf.

Auch Bruce hielt eine kurze Rede und pries Adrian als guten »Doktor«, als exzellenten Verkäufer und Müllmann. »Ich selbst bin keine Leseratte«, beendete er seine Ansprache, »aber ich habe ein Foto von Adrian Medway in der Zeitung gesehen, und darunter stand, daß er an einem neuen Buch arbeitet. Ich wette, daß darin auch Eldado vorkommen wird, und wir werden uns alle sehr geehrt fühlen.« Dann ließ er sich auf seinen Stuhl fallen, wischte sich den Schweiß von der Stirn und flüsterte Malcolm Trent zu: »Verlang nur ja nie wieder von mir, daß ich eine Rede halten soll!«

Trent hielt die letzte Ansprache des Abends und faßte sich erfreulich kurz. Er sagte, sie würden immer stolz darauf sein, daß Adrian Medway ihr Nachbar gewesen sei, und sie seien alle glücklich, weil sein Sohn in ihrer Mitte bliebe. »Das bedeutet nicht zuletzt, daß seine Eltern ihn und uns oft besuchen werden.«

Natürlich blieb Adrian nichts anderes übrig, als eine Dankesrede zu halten. Er sagte, er werde Eldado nicht vergessen und sicher oft wiederkommen, weil er wisse, daß man ihn hier stets freundlich aufnehmen werde. »Man kann sein ganzes Leben in der Stadt verbringen, ohne auch nur ein einziges Mal eine so spontane Zuwendung zu erleben, wie sie mir hier zuteil wurde. Die Städter sagen, es gäbe keine Hinterwäldler mehr, aber ich habe sie kennengelernt, im besten Sinne des Wortes. Ich habe eine kleine Gemeinde gefunden, fernab vom großen Weltgetriebe, wo die Leute ein viel glücklicheres Leben führen als die Städter, die oft so fragwürdigen Werten nachjagen.«

Adrians Rede wurde mit stürmischem Applaus belohnt, und danach wurde eine üppige Mahlzeit aufgetischt. Eine Stunde später konnte Adrian seine rechte Hand kaum mehr bewegen, nachdem er zahllose Bücher signiert hatte. Doch das tat seiner guten Laune keinen Abbruch. Er ging von Tisch zu Tisch, unterhielt sich mit den Leuten, hatte ein offenes Ohr für ihre Probleme, tauschte Erinnerungen mit ihnen aus. Das Ergebnis seiner Bemühungen war die Erfüllung seiner größten Hoffnung: Die kleinen Cliquen, die vor seiner Ankunft so spürbar existiert hatten, begannen miteinander zu verschmelzen. Die Leute aus Rangimarie unterhielten sich mit den Farmern, und das ohne jede Herablassung.

Während des ganzen Abends wurde Adrian unauffällig, aber wirksam von Christine unterstützt, und die Leute, die sie nicht so kennen- und liebengelernt hatten wie ihren Mann, meinten, Mrs. Medway sei ganz reizend und »sogar für einen so großartigen Kerl gut genug«.

Jo konnte die Abschiedsfeier nicht genießen. Sie saß den ganzen Abend mit Beth, Craig und Lester beisammen und bemühte sich, fröhlich auszusehen. Sie hatte in den letzten Nächten kaum geschlafen, und als sie sich für die Party zurechtgemacht hatte, war sie entsetzt gewesen über das bleiche Gesicht, das ihr aus dem Spiegel entgegenstarrte. Mit einer dicken Make-up-Schicht war sie der Blässe zu Leibe gerückt, und nun flüsterten die Frauen einander zu, Miß Medway pflege wohl schon wieder ihren städtischen Lebensstil, sonst hätte sie sich nicht so angemalt. Die andere Jo hatte ihnen, auch Lester, besser gefallen. Aber das Herz tat ihm weh, als er erkannte, warum sie Zuflucht zu all der Schminke genommen hatte. Noch war es nicht zu spät. Sie mußte doch ihren Gefühlen nachgeben, mußte doch erkennen, daß sie ihn nicht verlassen konnte, um nie mehr zurückzukehren, solange er in Rangimarie lebte.

Aber Jo behielt bis zum Ende des Abends ihre falsche, aufgesetzte Fröhlichkeit bei, ging von Tisch zu Tisch, um Hände zu schütteln und höfliche Floskeln von sich zu geben. Als sie dann an seinen Tisch zurückkehrte, war sie wieder die blasierte Städterin, die ihm bei der ersten Begegnung so mißfallen hatte. Christine beobachtete sie traurig, aber unauffällig. Sie kannte diese übertrieben fröhliche Jo nur zu gut. Mit dieser Jo würde sie nun eine Weile leben müssen, denn ihr Gefühl sagte ihr, daß ihre Tochter nicht so bald einen Mann finden würde, der Lester ersetzen konnte. Mit einem unwillkürlichen Seufzer erinnerte sie sich, daß sie Mrs. Hill noch fragen wollte, wie es dem Baby ging. Und dann mußte sie mit Mavis Belton über die unmöglichen Forderungen lachen, die ein Tourist im Laden gestellt hatte. Das Leben ging weiter, und sie durfte Jo niemals verraten, was sie in den vergangenen Wochen gehofft und gefürchtet hatte. Es schickte sich nicht für moderne Eltern, Gefühl zu zeigen. Sie mußte sich damit zufriedengeben, am Rand zu stehen und zuzuschauen – und das manchmal mit schwerem Herzen.

13

Jo traf die Vorbereitungen für die Unterbringung ihres »lebenden Inventars« mit einer geradezu unnatürlichen Ruhe. Sie hatte eine Freundin, die mit einem Farmer verheiratet war und in der Nähe von Auckland lebte, und sie rief Nora an, um zu fragen, ob sie Rajah zu ihr bringen dürfe. Man entsprach ihrer Bitte, wenn auch widerstrebend, denn kein Farmer mit kleinen Weideflächen nahm gern ein fremdes Pferd auf, auch wenn es einer guten Freundin seiner Frau gehörte. Jo wollte auf Rajah nach Avesville reiten, und von dort sollte das Pferd direkt nach Auckland transportiert werden. Wenn sie Rajah im Depot abgeliefert hätte, würde sie im Hotel von Avesville übernachten und am nächsten Morgen die Reise mit ihrer Familie und Sheikh fortsetzen.

Jo redete sich ein, daß Sheikh auch in der Stadt gute Dienste als Wachhund leisten würde. »Natürlich wird er nicht viel Auslauf haben, aber ich werde ihn immer in meinem Wagen mitnehmen, wenn ich Rajah besuche.«

Ihrer Mutter fiel vor allem die Formulierung »in meinem Wagen« auf. Das bedeutete also, daß Adrian ihr für diese Exkursionen ein Auto kaufen mußte. Und Christine mußte das ihrem Mann auf eine Weise beibringen, daß er glaubte, es sei seine Idee gewesen. Er würde entzückt sein, wenn er Jo das Auto schenkte, entzückt von seiner eigenen Großmütigkeit, und Christine würde sich über alles freuen, was den Kummer ihrer Tochter ein wenig milderte.

Jo brach früh auf, um während des Ritts der schlimmsten Sommerhitze zu entgehen, aber Beth war schon lange, bevor Jo reisefertig war, zur Stelle. Sie war auf Diamond herübergeritten und sagte: »Ich werde euch ein Stück begleiten. Es wird unser letzter gemeinsamer Ritt sein.« In ihren Augen waren noch die Spuren kürzlich vergossener Tränen zu sehen.

»Oh, wir werden noch oft miteinander ausreiten, wenn ich Robert besuche. Aber es ist nett von dir, daß du mir heute ein wenig Gesellschaft leisten willst.« In ihrem Herzen wußte Jo, daß sie die Farm nicht besuchen würde, solange Lester noch in Rangimarie lebte, aber sie wollte Beth aufheitern. Nachdem sie Sheikh festgebunden hatten, damit er seiner Herrin nicht in einem Anfall von Unternehmungsgeist folgen konnte, bestiegen sie die Pferde und ritten davon, begleitet vom wütenden Geheul des Hundes.

»Hoffentlich wird er sich gut in der Stadt einleben«, sagte Jo.

Beth fragte sich allerdings, ob Mrs. Medway glücklich sein würde, wenn ein so riesiger Hund in ihrem gepflegten Garten umherstreifte. Jo machte sich darüber offenbar keine Gedanken, und Beth dachte nicht zum erstenmal, daß ihre Freundin ziemlich verwöhnt war.

Seite an Seite ritten sie die trockene Lehmstraße entlang, und Jo sagte: »So war die Straße auch, als wir die Farm besichtigten. Aber dieser Schlamm im Winter! Andererseits, eine Farm mit einer Asphalt- oder Schotterzufahrt hätten wir uns niemals leisten können.«

»Und wenn ›Gipfelkreuz‹ nicht so billig gewesen wäre,

hätte ich dich nie kennengelernt, Jo, und würde wahrscheinlich immer noch mit meiner Familie um die Erlaubnis kämpfen, Craig heiraten zu dürfen. Ich habe es nur dir zu verdanken, daß ich jetzt seine Frau bin.«

»Und ich bin froh, daß du endlich glücklich bist.«

Beth war in den letzten Monaten etwas wagemutiger geworden, und so sagte sie jetzt, wenn auch mit leisem Zögern: »Du könntest genauso glücklich sein, Jo, auch in Rangimarie. Dafür würde Lester sorgen. Gib ihm doch eine Chance! Er liebt dich so sehr, und ich bin sicher, daß du ihn auch liebst.«

Jo sagte eine ganze Minute lang nichts, und dann erwiderte sie: »Deine Großmutter hat einmal gesagt, du hättest den Mut einer Maus. Das muß aber eine Maus von überdimensionalen Ausmaßen sein, denn sonst hättest du dich nicht getraut, mit mir über dieses Thema zu sprechen.«

Doch um Beths Mut war es auch schon wieder geschehen. Wenn Jo diesen stolzen, verächtlichen Ausdruck in den Augen hatte, ließ man sich besser auf keine Debatte mit ihr ein. Trotzdem raffte sich Beth noch einmal auf und sagte mit dünner Stimme: »Jo, es ist doch verrückt, auf das Glück eines ganzen Lebens zu verzichten, nur weil man dafür zwei Jahre opfern muß.«

»Du hast in gewisser Weise recht, aber du kennst mich nicht so gut, wie ich mich selbst kenne. Zwei Jahre in Rangimarie würden einen Teil meines Ichs töten – und auch meine Liebe zu Lester. Mit Leuten zusammen leben, die von Klassenunterschieden und ›Gentlemen und Ladies‹ reden – o nein...«

Sie hatten die Hauptstraße erreicht, und Jo zügelte Rajah und griff nach Beths Hand. »Laß mich jetzt allein weiterreiten. Es war schön, dich noch einmal zu sehen. Auf baldiges Wiedersehen. Besuch mich doch einmal in der Stadt...« Und dann sprengte sie plötzlich davon, und Beth sah ihr traurig nach.

Jo ritt durch den Wald und dachte an die Maori, die hier heiter und glücklich lebten. Sie dachte an ihre Freunde in Eldado, an die Farmer, die sie während der Grippeepidemie besucht hatte. Das waren echte Menschen, keine Snobs wie die Bewohner von Rangimarie, die so großen Wert darauf legten, welche Position der Großvater des Mr. Soundso bekleidet und was für Schulen man besucht hatte. Und dann wanderten ihre Gedanken zu Lester. Wie konnte er in einer solchen Atmosphäre leben – allein? Und während des ganzen Ritts wurde Jo von ihrem Problem begleitet, ihr Herz drängte in die eine Richtung, ihr Verstand in die andere. Es war ein schöner Sommertag. Der Himmel war tiefblau, das junge Getreide leuchtete in frischem Grün.

Inzwischen ging Christine mit einer gewissen Hektik ihren hausfraulichen Pflichten nach und hoffte, die Arbeit würde sie auf andere Gedanken bringen, würde die Erinnerung an das blasse Gesicht ihrer Tochter verdrängen, an die Trauer, die jedesmal in Jos Augen lag, wenn sie sich unbeobachtet glaubte. Christine war überzeugt, daß Jo einen großen Fehler machte. Sie hatte schon viele Fehler in ihrem dreiundzwanzigjährigen Leben begangen, aber dies war der schlimmste, der folgenschwerste. Christine hatte gesehen, wie kühl sie sich nach der Party von Lester verabschiedet hatte, und es überraschte sie nicht, daß er danach nicht mehr auf die Farm gekommen war. In diesem Augenblick begann Sheikh wieder zu heulen, was Christines Kummer noch vertiefte. Eine Riesendogge in meinem schönen, gepflegten Garten – eine Dogge, die noch wachsen wird... Und dann schämte sie sich dieser selbstsüchtigen Anwandlung an diesem traurigsten Morgen in Jos Leben.

Sie hatten sich schon auf der Party von allen Leuten verabschiedet, aber die engeren Freunde der Familie Medway kamen an jenem letzten Tag noch einmal vorbei. James

Holden erschien mit seiner Mutter, die ihrer Hoffnung auf ein baldiges Wiedersehen Ausdruck gab. Beth kam ein zweites Mal, begleitet von Cynthia, und es gelang ihr, Christine für wenige Minuten unter vier Augen zu sprechen. »Mrs. Medway, ich weiß nicht, wie Sie darüber denken – aber ich habe Jo heute morgen gebeten, Lester doch noch eine Chance zu geben.«

Christine beugte sich impulsiv zu ihr und küßte sie. »Tapfere kleine Beth!« Doch dann wechselte sie hastig das Thema und sagte, Rajah würde die Reise hoffentlich gut überstehen. Beth verstand sie. Diese Mutter würde nicht einmal mit einer guten Freundin über ihre Tochter diskutieren.

»Dad ist nicht gekommen«, sagte Beth, und Christine begriff, daß damit Malcolm Trent gemeint war; James Holden war wohl niemals »Dad« gewesen. »Er will morgen früh kommen und sehen, ob er noch was helfen kann. Er wird Ihnen doch nicht im Weg sein?«

»Natürlich nicht. Er wird alle die Sachen finden, die mein Mann im letzten Augenblick verlegt hat.« Sie lachten, und dann gingen sie zu den anderen zurück.

Christine schlief schlecht in dieser letzten Nacht auf der Farm. Sie machte sich Sorgen um ihre Tochter, fragte sich, wie Jo in dem kleinen Hotel in Avesville untergebracht war. Sie stand früh auf, und zu ihrer Überraschung und Freude erschien Malcolm Trent Punkt sieben Uhr in der Küche, um mit ihr Tee zu trinken. Die beiden ignorierten das Geschrei, das aus dem Schlafzimmer drang, wo Adrian seine Brieftasche suchte. Malcolm blieb gelassen, denn er kannte Adrian inzwischen gut genug, um zu wissen, daß der Schriftsteller in Krisensituationen heldenhaft über sich hinauswachsen konnte, aber einen ständigen Kampf mit den kleinen Mißhelligkeiten des Lebens führte.

Trent war nicht der einzige, der den Medways einen letzten Besuch abstattete. Zu Adrians und Christines großer Freude kamen auch Mark und Luke und drückten ein Päckchen in Christines widerstrebende Hände, das ein frisch gerupftes, noch warmes junges Huhn enthielt. Um den Hals des Tieres hing eine Schnur mit einem Zettel, und darauf stand: »Zum Dank für die gute Suppe.« Christine hatte einen Kloß im Hals, als sie das las, und sie sagte zu Robert: »Du wirst dich doch um die beiden kümmern, ja? Gib ihnen einfach Kakao, wenn sie kommen. Da drüben auf dem Regal stehen ihre Tassen.«

Als der Augenblick des Aufbruchs kam, als Sheikh auf dem Rücksitz des Wagens verfrachtet war und Adrian seine Brieftasche im Kohleneimer gefunden hatte, ließ er leise Anzeichen von Wehmut erkennen. Seufzend murmelte er was von »gute Freunde verlassen« und »meinen einzigen Sohn im Stich lassen«. Niemand nahm Notiz davon, aber dann sagte Robert plötzlich: »Adrian, du warst verdammt gut zu mir, und du kannst dich drauf verlassen, daß ich aus der Farm was machen werde. Du wirst oft kommen, nicht wahr? Immer dann, wenn du der Stadt und den bösen Kritikern den Rücken kehren willst... Wenn du das Gefühl hast, daß es so nicht weitergeht...«

Adrian sah ihn mißtrauisch an. War es möglich, daß er dieses unmögliche Klischee einmal benutzt hatte, das sein Sohn jetzt mit einer so sonderbaren Betonung aussprach? Dann lachte er und sagte: »Ich werde kommen, mein Junge, und dir zur Hand gehen, wann immer du Hilfe brauchst.« Und da mußte auch Robert lachen.

Langsam fuhren sie die Lehmstraße entlang, durch den Wald, dessen grünes Dunkel von hellgelben Sonnenstrahlen durchbrochen wurde. Adrian summte ein Lied vor sich hin, und Christine wußte, daß er diesen Abschied auskosten wollte. »Ich werde bald wiederkommen«, sagte er dann leise, wie zu sich selbst.

Er sagte es noch mehrmals auf der Straße nach Avesville, auch als er einen der Maori-Farmer traf. Der Mann wäre mit einer höflichen Verbeugung weitergegangen, aber Adrian war in gefühlvoller Stimmung und trat auf die Bremse. Sofort kam der Maori an den Wagen, und Adrian schüttelte ihm die Hand. »Richten Sie Ihren Leuten herzliche Grüße von mir aus. Ich bin froh, daß ich Ihre Lebensart kennengelernt habe. Es ist eine gute Lebensart.«

»Und wir sind stolz, daß wir einen Mann kennenlernen durften, der in der Welt da draußen berühmt ist«, lauteten die Abschiedsworte des Maori, und Adrians Stimmung hob sich noch um ein paar Grade. Sogar diese Leute kannten seine Werke. Er hatte sich also nicht umsonst angestrengt.

Als sie die Asphaltstraße erreichten, sah Adrian voller Bedauern auf das Schottersträßchen zurück. »Es war schön hier, Christine, und wir müssen wiederkommen.« Und mit diesen hoffnungsfrohen Worten gab er Gas. Sie sahen Avesville bereits vor sich aus dem Dunst aufsteigen, als ihnen ein Reiter entgegenkam.

»Das ist ja Jo!« riefen sie beide gleichzeitig.

»Was macht sie denn hier?« fügte Adrian hinzu. »Ich dachte, sie wollte in der Stadt auf uns warten. Dieses ganze Gehetze, damit Jo nur ja keine Minute zu lang warten muß – und da kommt sie angetrabt. Ich hätte mir ganz gern noch ein bißchen Zeit gelassen. Ich weiß gar nicht, ob ich diese letzte Manuskriptseite aus der Schreibmaschine genommen habe.«

»Ganz sicher hast du das. Außerdem hattest du ja vierzehn Tage Zeit, deine Sachen zu packen.«

In diesem Augenblick richtete sich Sheikh auf dem Rücksitz auf und starrte aus dem Fenster. Dann begann er wie verrückt zu bellen und auf dem alten Teppich zu scharren, den Christine in weiser Voraussicht auf den Ledersitz gebreitet hatte. »Er hat sie gesehen«, sagte sie jetzt. »Fahr schneller, Adrian, bevor er das Auto sprengt.«

»Ja, ja, schon gut, verdammter Köter«, schimpfte Adrian und trat aufs Gaspeal. »Warum macht sie denn nicht kehrt und reitet zum Depot? Sie muß uns doch gesehen haben.«

Aber Jo machte nicht kehrt. Langsam ritt sie dem Wagen entgegen, und als sie auf gleicher Höhe waren, flüsterte Adrian: »O Gott, wie schön sie ist... Was ist denn über sie gekommen?«

»Das Glück, glaube ich«, sagte Christine. Und Jo war wirklich wie verwandelt. Aller Stolz war von ihr gewichen, aller Hochmut, und in ihren Augen war ein Leuchten reiner Freude, als sie aus dem Sattel stieg. Sheikh attackierte das Fenster mittlerweile so heftig, daß Adrian verzweifelt rief: »Um Gottes willen, Jo, nimm diese Bestie mit! Er ruiniert mir ja den ganzen Wagen!«

Jo öffnete lachend die Wagentür, und der große Hund sprang an ihr hoch und warf sie beinahe um. Als er sich beruhigt hatte, bat das Mädchen: »Steigt aus, Leute, ich muß mit euch reden, sonst platze ich.«

Jo wollte mit ihren Eltern reden... Kein Wunder, daß Adrian in Windeseile aus dem Wagen sprang und vergaß, sich über die Verzögerung aufzuregen. Christine stieg etwas gelassener aus, aber ein Stein war ihr vom Herzen gefallen. Sie standen am Straßenrand, und Sheikh kauerte höchst zufrieden zu Füßen seiner Herrin.

»Ich fahre nicht mit euch«, sagte Jo.

Adrian blinzelte verwirrt. »Nicht mit uns... Wovon redest du eigentlich? Natürlich fährst du mit uns nach Hause. Rajah wird es bei deiner Freundin sicher gut haben und...«

Jo brach in helles Gelächter aus. »Aber in Rangimarie wird es ihm noch viel besser gefallen.«

»In Rangimarie? Kann mir jetzt endlich jemand sagen, was eigentlich los ist, bevor ich endgültig den Verstand verliere?« Plötzlich dämmerte es ihm, und er stieß hervor:

»Was hast du uns verheimlicht? Warum bist du nicht schon längst damit herausgerückt?«

»Weil ich strohdumm war und mich nicht dazu entschließen konnte, Lester zuliebe den Schrecknissen von Rangimarie ins Auge zu sehen. Gestern abend wurde ich endlich vernünftig. Es ist alles okay, Adrian. Ich reite zu Robert zurück, und in vierzehn Tagen wird Lester mit mir zu euch fahren und um meine Hand anhalten, ganz korrekt und im Rangimarie-Stil. Dann werden Chris und ich die Aussteuer kaufen, und Lester und ich werden heiraten, und du kannst eine von deinen rührenden Reden halten... Aber ich möchte keine zu aufwendige Hochzeit, Chris. Es muß ja nicht ganz so simpel zugehen wie bei Beths Trauung, aber ich hasse diese Massenveranstaltungen...«

»Wir werden es ganz so machen, wie du es haben willst, und ich freue mich schon darauf, die Aussteuer zu kaufen.«

Als sei auch von Sheikhs Herzen eine Zentnerlast genommen, sprang Sheikh plötzlich auf und begann wie ein Löwe zu brüllen. Ein Mann, der in einem Lastwagen vorbeifuhr, warf einen erschrockenen Blick aus dem Fenster, und Jo brachte ihren Hund hastig zum Schweigen. »Ich bin so glücklich für dich, mein Liebes«, sagte Christine leise. »Und ich bin ganz sicher, daß du das Richtige tust.«

»Wirklich, Chris? Es wird nicht leicht sein – aber die guten Stunden werden die bösen überwiegen. Und was sagst du dazu, Adrian?«

»Ich bin erstaunt, aber sehr froh, mein Kind. Wie du weißt, habe ich Lester schon immer gemocht, und ich bin überzeugt, daß du dich richtig entschieden hast.«

»Das weiß ich noch immer nicht, aber ich habe mich jedenfalls entschieden. Es war schwer, Rangimarie zu akzeptieren, und wenn es auch nur für zwei Jahre ist.«

»Wenn man die Leute erst mal kennt, sind sie ganz nett. Außerdem wirst du ja nicht mit den Holdens und den Sylvesters zusammenleben, sondern mit Lester. Sie werden sich nicht in eure Privatsphäre einmischen.«

»Doch, das werden sie tun, aber damit werden wir schon fertig. Ich habe mich gestern entschieden, als ich durch den Sonnenschein ritt. Ich dachte an die Stadt und an meine Freunde und an die Partys – und dann dachte ich an Lester und erkannte, daß jenes andere Leben nicht das wahre ist... Lester – das ist das wahre Leben... O Gott, jetzt fange ich auch noch zu philosophieren an... Übrigens habe ich Lester ein Telegramm geschickt.«

»Ein Telegramm? Was hast du ihm denn telegrafiert?« fragte Adrian, begierig, romantische Einzelheiten zu hören.

»Nur ein Wort – Rangimarie. Aber das hat genügt. Er hat mich im Hotel angerufen, und jetzt wollen wir uns treffen. Deshalb muß ich mich beeilen. So, jetzt werden wir Sheikh wieder in den Wagen verfrachten. Hoffentlich richtet er keinen allzu großen Schaden an.«

Es war eine Herkulesarbeit, aber sie schafften es. Dann küßte Jo ihre Eltern, löste Rajahs Zügel von dem Zaunpfahl, an den sie ihn festgebunden hatte, und schwang sich in den Sattel, mühelos und graziös wie immer. Ein Wutgeheul drang aus dem Auto, und sie beugte sich hinab. »Wir sehen uns bald wieder, alter Junge, und dann bleiben wir für immer zusammen.«

»Hoffentlich nimmst du ihn auch auf die Hochzeitsreise mit«, bemerkte Christine trocken. Sie war den Tränen nahe, und deshalb nahm sie Zuflucht zu lässigem Humor.

Jo verstand sie sehr gut und sagte sanft: »Du warst so gut zu mir.« Dann schwang sie das Pferd herum und ritt davon. Die beiden blickten ihr schweigend nach. Vor der nächsten Kurve drehte sie sich noch einmal um und winkte ihnen zu; dann wandten Adrian und Chris sich dem Wagen zu.

Aber Adrian war nicht schnell genug. Als er die Tür öffnete, schnellte eine große Gestalt an ihm vorbei und warf ihn fast zu Boden. Und dann raste Sheikh hinter seiner Herrin her.

»O Gott«, flüsterte Christine.

Jo hatte sich umgedreht, um noch einmal zu winken, und als sie den Hund sah, zügelte sie Rajah und wartete. »Komm, Sheikh!« Und dann rief sie ihren Eltern zu: »Laßt ihn nur, ich nehme ihn mit!«

Als ob uns was anderes übrigbliebe, dachte Christine. Jo hob ein letztesmal fröhlich die Hand, dann verschwand sie hinter der Straßenbiegung, dicht gefolgt von dem großen Hund.

»Da reitet sie dahin«, sagte Adrian traurig, »läßt ihr altes Leben hinter sich, die Stadt, ihre Freunde, die Partys...«

»Sie reitet in ein neues Leben«, verbesserte ihn Christine, und dann fügte sie energisch hinzu: »Und wir kehren zurück in unser altes Leben und überlassen es den Kindern, sich ihre eigene Zukunft aufzubauen.«

Adrian stieß einen sentimentalen Seufzer aus und setzte sich ans Steuer seines Wagens. Er hatte die Flucht ergriffen vor seinem alten Leben, aber jetzt kehrte er zurück. Und das war gut so.